U0101147

韩东 著

诗人的诞生

Han Dong's
Poetry Class

韩东的诗歌课

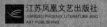
江苏凤凰文艺出版社
JIANGSU PHOENIX LITERATURE AND
ART PUBLISHING

图书在版编目（CIP）数据

诗人的诞生：韩东的诗歌课/韩东著. — 南京：
江苏凤凰文艺出版社，2024.3
ISBN 978-7-5594-8104-7

Ⅰ.①诗… Ⅱ.①韩… Ⅲ.①诗歌创作–研究–中国
Ⅳ.①I207.21

中国国家版本馆 CIP 数据核字（2023）第 218951 号

诗人的诞生：韩东的诗歌课

韩东 著

出 版 人	张在健
策划编辑	于奎潮
责任编辑	孙楚楚
封面摄影	毛 焰
装帧设计	周伟伟
责任印制	杨 丹
出版发行	江苏凤凰文艺出版社
	南京市中央路 165 号，邮编：210009
网　　址	http://www.jswenyi.com
印　　刷	苏州市越洋印刷有限公司
开　　本	787 毫米 × 1092 毫米 1/32
印　　张	9
字　　数	140 千字
版　　次	2024 年 3 月第 1 版
印　　次	2024 年 3 月第 1 次印刷
书　　号	ISBN 978 - 7 - 5594 - 8104 - 7
定　　价	68.00 元

目 录

开场白

我更希望大家有这样的野心，要成为一个好诗人，甚至是最好的诗人。

要成为一个好诗人

韩东：你们的诗都带来了吧？我们不玩虚的，讲四次课，每次大概四小时，你们带新写的诗，然后拿出来大家讨论。从中可引出一些问题，在这个过程中，大家有什么问题也尽管问。不一定就针对这些诗，我们可以说开去，总之和诗歌、写诗有关。我们可以聊具体的，也可以聊点抽象问题。

那种讲课式的、照本宣科的方式我觉得意思不大。我们的目的，是通过几堂课的学习让大家对当代诗歌有一个概念，并且在动手写诗这件事上，不说特别成功，但也能达到一个非常不错的程度。你们都是报名经过筛选的，说明有很好的写作才华。

对诗歌或者对写诗这件事怎么看？我先问李冠

男，你把诗置于何处？写诗是为什么，为什么要写诗？

李冠男：我有很多想表达的，关于生命的一些东西。我偏向于写一写回忆，或者说已经发生过的、在我心里留有印象的那些事情。我以前也写过小说，但觉得诗可能会更真实更直接地把它们表达出来。

韩东：也就是说，比较自发和个人。那你有没有一个想法，把写诗当成一种专业？我不是说去做一个职业诗人，那是另一回事，专业和职业是不同的概念。就像学做木匠或者其他一门什么手艺，我要把这件事做好做彻底，有没有这样的想法？

李冠男：这个想法我是最近才有的。我意识到诗本身有一个传统和历史，我得去学习它，才能更好地把它和个人的表达结合起来，在两者之间找一个平衡。这就是我最大的目的。

韩东：作为某种原始的目的，我们写作，我们有东西要表达，想要一吐为快，这没有问题。但我们之所以坐在这里上课，我觉得就有一个专业性的诉求在里面了。所谓的专业性，从发心上说至少有这么一种渴望，我要弄明白写作、写诗这回事。然后，我要把这件事做好。我更希望大家有这样的野心，要成为一个好诗人，甚至是最好的诗人。

比如美国自白派女诗人普拉斯、塞克斯顿都进过洛威尔组织的诗歌研讨班，后来都成了举世闻名的诗人。所以我们得承认写诗也是需要学习的，也是可以学习的。她们的生活是另外的概念，后来她们都自杀了，这就不说了，但她们在写诗这件事上的信念是非常了不起的。我们的诗歌课，如果大家是抱着这样一种信念来的，我以为就没有白来。如果你仅仅是为了表达自我，那就无所谓，你已经是你了。你写得好不好，用什么尺度进行衡量都无所谓，因为只要你写出来，就已经完成了任务。

所以我认为，一定要写好。通过四次讲课学习，我们得达到一个水准。我希望我的学生不是一般的学生，而是有野心和雄心。不是说靠写诗吃饭，靠写诗是吃不了饭的，你还得有你的本职工作。但是，诗要成为你精神上的一个召唤，一个追求，一件非常崇高的事。你决心把这件事做好，做到最好，或者说把自己的才华潜能发挥出来，能做到什么程度就做到什么程度。

刘天远：我是想把诗写好的，不过好诗人对我来说可能太遥远了。我诗写得很少，这些交过来的稿子基本上是我写的所有的诗了。平时自己也写点小说什么的，只是写着玩。产生想去认真一点写东西的念头，是在北京看鲍勃·迪伦的画展之后。虽然那不是他的主业，但看他的画，我感觉他好像逐渐把这个东西掌握了，有些画画得特别精彩。我就很感慨，自己平时做的这些东西都太浅层了，太不认真了，没能真的理解。

韩东：没怎么下功夫，说明你有天分。你们都是筛选过的，都是其中的佼佼者。但这还不够。你有你安身立命的专业或者职业，这没错，但既然咱们来了，就要把写诗这件事做好。写诗这事很高端，作为业余爱好可惜了。你当然可以以业余心态去做这件事，但如果能做得足够专业那就赚了，就没有浪费你的才华。

谢晓莹：我对诗的了解比较少，之前看过同学写的诗歌，也偶尔会看几本诗集，但是念研究生之前，我没怎么写过诗。对于我，以及很多还没开始的新人来说，很多时候都在自问，我可以写一首诗吗？从什么时候开始比较好？后来我看到我朋友诗写得很好，我就也开始写。诗歌能够给我一种诚实自由的感觉，写诗的时候能得到快乐。我大概从三个月前开始写诗，从三个月前到三个月后，不管是在文学理论学习还是在创作实践的过程当中，我能明显感觉到诗带来理解上的进步，我想知道自己能够进步到哪一个阶段，所以就想要好好写诗。

徐全： 韩老师的话很触动我的内心，我先介绍一下我的写作情况吧：我是理科生，写诗两年出头，我有一个真实的世界，是我的第一生活现场，而诗歌是我的第二生活现场。我写诗不只是因为喜欢表达或其他，而是喜欢诗歌自由的那种情境，但是更多的时候，我是不得不写诗。如果让我重新选择一次，我宁愿不写诗，我每天都是被写作灵感折磨的人，这已经影响或干扰到了我的生活。

我感觉汉语是一种"意境语言"，中国人受意境或意象的影响也比较大，我来上韩老师的课，其中一个目的就是想搞明白现代诗的现代性。我刚开始写诗的时候比较喜欢张枣，虽然他的诗比较修辞化，但他对探索现代性这件事做了很多尝试。我是今年开始迷上韩老师的诗的，我发现读韩老师的诗对理解现代诗的现代性很有帮助，这本《奇迹》里面的诗我已经读了很多遍了，对这个课也很期待。

韩东： 和其他三位比较，徐全对诗歌的兴趣显然更自觉一些，写诗的时间也长一些，有一定的思考。提到了张枣，提到了意象，以及诸如现代性这样的问题。我感觉他对诗歌的涉入比你们稍稍深入，花的心思也更多。我们可以就此开始，边回答他的问题边说我的想法。

第一讲：清空

把你们以前习得的、潜意识里的关于诗歌的想象，无论是一些概念还是笼统的感觉，通通清除掉。先清空，再填充。

需要从零开始

韩东: 我们要上的第一课就叫"清空"。不管我们读过什么思考过什么,只要你写诗,关于诗是什么,潜意识里都有答案。否则,你不会把你写的诗叫作诗对吧? 你以前的阅读,无论读的是张枣还是其他诗人,都在起作用。就算你不读张枣,不读当代诗歌,但从中学课本里,从电影里,从各种渠道,还是会形成关于诗歌的概念、想象,所有的这些都在起作用。你有意识地去阅读诗歌,就像徐全,那些营养会反映在所写的诗里。或者是没有意识地,比如从小背诵唐诗宋词、听别人说诗是什么,包括你们阅读非诗歌的散文作品,所有这些都通通会起作用。包括所有的道听途说。你们并非是一张白纸。

很多关于诗歌的误解，尤其是关于现代诗歌和当代诗歌的误解，其原因就是没有清空。现在的人，对任何事都喜欢发表意见，对诗歌亦然，毫无顾忌地表达自己的观点。问题是，这些观点或者见解到底是哪里来的？不就是我们无意识里获悉的那些东西吗？比如豆瓣里有人评论我的诗集《奇迹》，告诫我诗要讲究语言。我哭笑不得。从他的角度理解，他没错，因为他有一个关于什么是诗歌语言的潜意识，并不是有人告诉他的，而是自然而然地习得的。大概他认为诗歌就应该是花哨的，就应该有形容词，应该闪烁铿锵。再一看，你写得那么朴素，跟他的想象不一致，那就是不讲究语言了。无论如何，你们也是有一个关于诗歌是什么的想象的，所以我们的第一课就是要清空。

清空的意思就是把你们以前习得的、潜意识里的关于诗歌的想象，无论是一些概念还是笼统的感觉，通通清除掉。咱们就像学习一门语言一样，从最简单的地方，从识字开始。你们以前关于诗歌的理解或者潜意识都可以拿出来说，但在我这儿，在原则上它要归零。对学一种崭新的语言而言，它没有意义，只会是一些妨碍。我们需要从零开始，当然清空不是一件容易的事，就像割肉。

从你们写的这些诗歌里，我可以看出来，你们对诗有哪些想象，或者自觉不自觉地模仿过一些什么东西。这些留待下面解决。

我们是运动员

韩东：我们的目的不是通过几堂课去了解诗歌知识。我们不是鉴赏家，而是写手，不是裁判，是运动员，所以我们只讲运动员所需要的。你的目标是要成为一个诗人，不是阐释者或者批评家。出了这个门，你头头是道地说诗是怎么一回事，知道这知道那，关于诗歌的知识学了一堆，一点意义都没有。我们不教这个。现在一些人上诗歌鉴赏课或者理论课，因为没有具体的作用对象，也就是不写诗，所以尽管能说得天花乱坠，但都是一种知见，知识和见解。这也是一种学，但这种学不是我们的目的。我们的目的是实打实的，通过学习可望在写作上进步。你是运动员，是选手，这样的学习和知见、理论上的学习是两个概念。

所以他们让我举办诗歌讲座时，我坚持要有学生，具体习诗的学生，我不提供放之四海而皆准的诗歌知识。诗歌知识，你去网购两本书，读一下也就了解了。我提供的是实际操作层面的东西，当然也会夹带我的诗歌观念。但总体说来，我是一个教练，教一些实在的用得到的东西，这些东西和从知见上把握诗歌是不同的。

在这件事上，很多人都会走弯路。他们不知道怎么写，为了写作就去阅读，实际上也不知道该读什么。阅读的确会给人以自信，弄不好还会让一个人变得非常自大，以为已经把握住诗歌这回事。但实际上和操作的层面还是有距离。观念化的充满理论术语的讲授，效果也是一样。

最笨的和最玄的

韩东：我最看重的是习诗者的两种能力。一种是最笨的，笨到什么程度？比如说他喜欢一首诗，非常着迷，他就抄写，就去背诵。这是一种很笨的学习方法，有点像古人读私塾，你不理解《论语》，还没有理解文字背后的意思，就已经先背下来了。渐渐地你懂了，理解其义了，那个背诵的底子就出来了。不管理不理解都已经深入了他的骨髓，就像基本功一样，或者像描红练习，就是这样的一种概念。

还有一种能力是指向最玄的东西，比如思考为什么要写作，人为什么要活在世上，写作和真理是一种什么关系，这两种能力或者倾向，最笨的和最玄的，我觉得对写诗而言都非常重要，大家大可在这两个极端上用力。至于在最玄的和最实的之间有一个很大的区域，比如讨论诗是什么，现代性或者后现代，人文精神抑或口语还是意象、修辞这些，我觉得没有多大的意义，或者意义和上面提到的两点相比是等而下之的。

诗是一个过程

韩东：下面我们进入具体的作品环节，看了你们的诗再说。刘天远先来吧。

刘天远：这个是我去年冬天在家里弹电吉他的时候，找到一个比较朦胧的效果器，然后就找了两个和弦，一边弹就一边在那儿念叨，念叨完了以后，我试着把它记下来的，叫《冬天》。

冬天

其实世界上并没有冬天

冬天只是一个梦

是个幻想

其实世界上所有人都生活在一个恒温的

星球里

那里温暖，阳光明媚

四季如春

冬天只是他们的一个想象

而我们，就生活在他们的想象里

你知道在一个温暖的地方

人们的感觉会退化

他们摸不到东西

也感觉不到疼痛

不过为什么要感觉到疼痛呢

那里四季如春

每个人的肢体表面都像有一层薄薄的

东西

　　像是塑料膜

　　或者别的我叫不出名字的东西

　　但在他们古老的回忆里

　　很久很久以前

　　他们依稀记得一些模糊的感觉

　　像是寒冷，或者炎热

　　手指摸在冰上的刺痛

　　你知道他们其实并不是真的知道这些

东西

　　他们只是想象

　　想象一个白茫茫的冬天

　　想象非常非常的寒冷

　　到处都是雪

　　屋顶泛着光

　　那是一种褪去了颜色的纯粹的光亮

　　整个世界都变得模糊

　　他们想象自己会发抖

　　想象自己会感到无助

　　一个人面对寒冷冬天的无助

渴望回到温暖的家乡

是的，冬天只是一个梦

并没有真正的冬天

我们活在他们的想象里

韩东：这首诗的确和喜欢音乐有关，其实挺不错，句子都很简单，但有你要说的东西。这是很关键的。很多人写诗不是把诗当成一个过程，一个整体，而是在炼句，把写诗当成了造句。每一个句子都很花哨，把这些花哨的句子放在一起，以为就是诗。你没有犯这个毛病。你整首诗都在说一个东西，在趋近一个东西，接近你所要的东西，这是值得肯定的。你没有在进行的过程中被一些华而不实的东西控制住，陷入到某种造句狂的恶性循环中。这首诗看起来很平淡，但它有叠加，始终在趋近、接近。这是其一。

其二，这首诗里有一些比较特别的、属于个人敏感的因素，这特别棒。比如，我最喜欢第二段，"你知道在一个温暖的地方/人们的感觉会退化/他们摸不到东西/也感觉不到疼痛/不过为什么要感觉到疼痛呢/那里四季如春/每个人的肢体表面都像有一层薄薄的东西"，这非常不错，个人的敏感在后面这句里写出来了。大家其实都有感觉，但如果你不这样写，可能就没有人这样写了。

这首诗写得不错得益于两点，一是你的确是有感而发，你有东西想写。我们永远要记住，写诗必须诚实、真诚，换句话说就是有东西要写。因此你的目的才不在字句上。二是你玩音乐，和艺术走得比较近，个人的敏感性得以敞开和锐化。

啰唆和陈词滥调

韩东： 毛病也有，这首诗比较啰唆，反反复复地在讲一件事，一直在重复。有你感觉上的重复，也有字句上的重复，不够精炼。如果能砍掉一半，字句上再严谨一点，那就更上一层楼了。比如，有些东西不是不可以用，但要少用，我说的是陈词滥调，像"冬天只是一个梦"。相比而言，"其实世界上并没有冬天"就很好，因为这句话很奇怪。不是字句上的奇怪，不是修辞造成的怪，字句也不花哨，是你的感觉很怪，这就很好。但，"冬天只是一个梦/是个幻想"则是老生常谈了，一下子就把开篇不无惊悚的东西减弱了。没有必要对上一句作解释，就算解释也得高明一点，梦啦幻想啦，就把感觉降低了。

"其实世界上并没有冬天"，然后，直接是"世界上所有人都生活在一个恒温的星球里"就可以了。再接上"冬天只是他们的一个想象/而我们，就生活在他们的想象里"。

第二段是我最喜欢的，上面说过了，但到"或者别的我叫不出名字的东西"这句，就又啰唆了。

第三段，"但在他们古老的回忆里/很久很久以前/他们依稀记得一些模糊的感觉"，写到这里要小心了，不可以是"白茫茫的冬天""非常非常的寒冷"这样的敷衍。这一段里也不乏一些不错的东西，比如"到处都是雪/屋顶泛着光/那是一种褪去了颜色的纯粹的光亮/整个世界都变得模糊"，特异的感受写出来了。

最后，把冬天归结为一个梦，是很大的败笔。哪怕你换种说法，比如有没有冬天、冬天存不存在。梦这玩意儿太俗了。刘天远的确很有感觉，有自己敏感的东西，但也的确缺少写作训练，比较自发地写了这首诗。一首有微言大义、可以进一步深入的诗，但在一个比较肤浅的地方停住了。这些部分宁愿不要。如果你把诗归结为梦啊幻想啊，归结为老生常谈，就很无趣。

就算真的没有地方可归结，把你的感觉写下来就好，有多少写多少。

保留自己不规范的一面

韩东：就语言而论，或许有两种方式。一种是很华丽的、花哨的，你不属于这种，没有炫耀辞藻的毛病。还有一种语言很干净，极端起来不免刻意、造作，很多敏感的东西就进不来，你的语言虽然简单，但感觉还是进来了。怕就怕你克服了一种毛病，走到另一个极端上去。"世界上所有人都生活在一个恒温的星球里"，这并不是一个华丽、花哨的句子，只是和你特有的敏感有关，所以很好。我们上了几堂课之后，也许你会注意到语言的干净，但千万不要形成洁癖，把这种稍稍有些复杂的句子给剔除了。

不少写诗的人，知道语言要准确，要客观、干净、透明，要简单，所以把枝枝蔓蔓都修剪掉了，修剪的结果是他的感觉也进不来了，只剩下语言的简洁。去掉像"冬天只是一个梦/是个幻想"这样文绉绉的句子，同时我也希望你能保留自己的敏感，还可以有像"每个人的肢体表面都像有一层薄薄的东西"这样敏感却不简单的句子。要注意，让自己的诗歌精炼一些，凝聚一些，语言上干净一些、朴素一些都没错，但不要下次再给我看作业的时候，那些毛病是没有了，但光彩也没有了。

你一定得保留自己不规范的那一面，感觉上或者句子上比较不直接的、弯曲的那面一定要保留。我很喜欢你那些感觉性的东西，但感觉性的东西体现在语言上往往是不平整的。"每个人的肢体表面都像有一层薄薄的东西"，下次来你可别改成"每个人的四肢皮肤都很光滑"呀，改成这样就没有意思了。原句的弯曲很好。感觉第一，你的感觉、你细微的觉察是最重要的，不要因为句子的整洁、舒服或者纯粹把这些最原始最珍贵的东西牺牲掉。

感觉第一

刘天远：老师，我明白这个意思了，但是我有个问题。比如说这里面有没有界限，或者说范围，就是您说，这样的句子它不是一个很常规的句子，其实它是有点破坏节奏的。

韩东："会写"以后你会考虑各种问题，比如考虑节奏问题，考虑一致性的问题。"会写"也是一件麻烦事，所以我刚才才说，感觉第一。是说对于你独特的感觉，要不惜一切代价，不惜破坏句子，也得把它抓住。打个比方，写古诗词有严格确定的格律需要遵循。胡适就一直说毛泽东的那首《蝶恋花·答李淑一》有几个韵不对，毛泽东也知道，但在那个地方，为了情绪或者感觉，他必须破韵。

一方面我们要很专业，会写以后，会想到节奏、色彩、段落、分行，我们会想到各种因素，甚至会得强迫症，会有洁癖。但同时，在这一过程中，一定要小心，不能丢掉你最原始最独特最敏感的那一部分，哪怕会破坏语言的完美。破坏你所说的节奏也必须让那一部分保留，因为它是最宝贵的。

当然，你更有经验以后，比如你已经是一个大师，这两件事就不再矛盾了。你既能写非常具有形式感的东西，在美学上不出差错，同时你的意思也完全可以表达出来。我们说的是你现在这个阶段，这个阶段的写作不那么自觉，就这么写了。就这么写了，不顾其余也有一个好处，就是很多感觉会出来。因为你不知道限制，不知道各种写法。

怕就怕几堂课以后，你会写了，为了诗歌本身的完美，牺牲掉感觉上的东西。你们之所以被选来听我的课，完全不是因为写诗的技术出众，或者在诗歌方面有什么造诣，我看重的是你们特别的感觉。那是最可贵的东西。当然了，在学习过程中难免会对某种语言方法入迷，这时候是会牺牲自己的一些原始感觉的，那也没关系。但从最根本的目标着眼，最宝贵的还是你最开始显现的那些品质，你的诚实、敏感。我们学习技术方式、学习形式，不过是为了更好地表达、显现这些。这个才是目的。

"诗眼"是一个陈腐的概念

徐全：我想问一个比较低级的问题，按照传统的说法，每首诗都有它的诗眼，现代诗有没有诗眼？怎么去看待这个问题？

韩东：你的情况和他们不同，对诗歌有一定涉入，但要抛弃"诗眼"这个概念。这个概念不值一提，是胡扯，不会写诗，甚至不会聊诗的人才会使用这样陈腐的概念。看起来很精明，有那么一点小技巧、小玩意儿，当个宝一样。实际上现在有很多人就是这么写诗的，语言很平淡，写到后面有一个转折，有点像说相声的抖包袱。你们的写作不应该抖包袱或者抖机灵，不应该在这个水准上。任何"诗眼"都可以把它塞住，都可以不要。

多写几遍

李冠男：我觉得《冬天》是一首比较慢的诗，他（刘天远）很有耐心。我想这种感觉是不是就必须要在这种速度里才能去把握？啰唆的、重复的、普通的句子去掉了以后，我觉得好像没有过渡的地方，没有一个进入的前奏或者铺垫。去掉这些东西直接进入，诗的这种速度还有没有？

韩东：不是简单地拿掉，你要斟酌。特有的速度可以保留，但不能不动脑筋。"冬天只是一个梦"太陈旧了，宁可不要。一首诗一路写下来，写到这里僵硬了，怎么把它变得有活力，修改是需要功夫的。

有没有一种可能，你不是盯着这首诗，看哪一句好哪一句不好这样修改，这是一种方法。还有一种方法，就是把它放在一边，再写一遍。扎加耶夫斯基在他的访谈里说过，他写诗很慎重，有感觉的时候才会动笔，而且会写好几遍。写几遍和修改是两个概念。就比如写字，我向毛焰求字，他写了一大篇，不可能说是哪个字写得不好，我得改一改是吧？这是书法，改不了的。于是毛焰就会写好几遍，七八张放在一起，然后从中间挑一张写得比较好的，这就成了。

修改是一种方法，还有一种方法，就是不修改，你再写一遍。可能每一遍的结构、句子的长短，每一遍里的东西都不会一样，但其中有一稿，其中的一遍在各方面相对而言都比较好。这和修改是两回事。至于到底是修改还是重新写，你得看情形。有的诗比较容易改，有的改不动，那还不如再写一遍，甚至多遍。

注意力不要集中在句子上

谢晓莹：我最喜欢的也是这一句，"每个人的肢体表面都像有一层薄薄的东西"，把抽象的东西具体说出来。我不知道大家看到这句话时，想到的是什么，我看到这句话的时候，我就想到一件事情，我朋友是医学生，有一天我们看到一张图片，那是一颗心脏，因为需要保存，就把血给放掉，之后它就变成纯白的，那个纯白的东西，它只是一张图片，我们看时笑着说，它像不像荔枝果肉的薄膜。我看到这句诗就会想到那一件事情。我觉得这首诗其实就有一种缓慢的失血的感觉。可能每个人看到这句话，想的是不同的东西，但我们都会一致觉得它是一个好的句子。所以我在想，一首好的诗歌、一个好的句子是怎么样界定的？它是怎么样通过这种多元的东西去得到更好的共鸣的？我们想写好诗歌，是想得到共鸣还是得到什么？

韩东：首先注意力不要集中在句子以及好句子的获得上。我从来没有说这句是个好句子，我只是认为它是很敏感的东西。我们不要以肢解的方式理解作品。的确，一个好东西，或者说一个亮点，会让人联想很多，但我们阅读的时候，注意力不应该放在句子上。有些句子可能很华丽，也很有起伏，但并不好。好或者不好都不是因为句子，而是因为感觉。

一首诗是·个过程。在运行过程中，是会突然有一两句比较突出，很是精彩。前些年，有人搞什么截句，就是在一首诗里截出一两句，而且还专门出版了，弄成了风尚，我觉得一点意义都没有。单独弄那么一两个漂亮句子，不仅做作，而且很无聊。真正的好句子和整首诗有关。并且，如果一首诗里净是漂亮的句子，诗歌本身就会崩溃。就像音乐里的高音，如果全都是高音的话就没有起伏和旋律了。恰恰因为你整个的语言可能比较平淡，突然来那么一句不平淡的才会有效果。

谢晓莹：这个对我挺有启发，因为我是新手。当我想到些什么的时候，会写到便条里面，它可能只有三到五句，我后来想起来会再把它补全，其实可能就这三到五句就够了；有时候可能只是看到什么或听到什么，只会写下两三句话，等后面再把它续满，但我这种续满可能会显得有一些多余了。

韩东：有了感觉，把它记下来，这很好，但它并不是诗。诗真的不是句子，也不是灵感集成，它是一个过程。比如今天我要写一首诗，写是一个过程，不是为其中的句子而写的。感觉上是要捕获某个东西，趋近某个东西，总觉得没抓住，或者没抓牢，在写的过程中忽然就抓住了。这时候，一首诗也就完成了。

布罗茨基说过类似的意思，诗是为最后那句而写的，也就是说需要抵达。当然他的话我不完全赞同，如果机械理解，抵达成了习惯，也就成了投机。总之，诗不是为好句子而写的，不为过程中的好句子，也不为最后的好句子。

你有灵感，把它记下来，可以，但你说那就是诗，我以为不一定。并且形成习惯以后，你就只会写两三句这种"诗"了，比如俳句。我认为写诗是一个过程，哪怕最后你改成了两三句，也和开始就准备两三句不一样。到底是什么不一样？我觉得可能就是过程性和整体性吧。

用典和修辞

【徐全的诗】

不出门

其实乌鸦喝水的时候，知道不远处

有河水，它甚至是从河岸边出发的

含着石子，只是想喝杯子里的水

如果杯子里没有水，它就从河里含来水

对乌鸦来说，喝水不重要

在杯子里喝水，很重要

我已经一天没有出门了，对我来说

出门不重要，为什么出门很重要

我是容易掉落的人，有时掉落一个选择

有时掉落一个乌鸦，这是很重要的进程

然后我重新是我。四月的天气

越来越好，我的手也越来越像春枝

搭在窗台上，空旷处。我知道

只要乌鸦睡在我的身体里，河流就流畅

我还知道，乌鸦是不出门的

也就是说乌鸦是无外的。如果饥馑的我

需要补充能量，就是说我需要出门

需要外显的乌鸦，我就需要杯子

需要从此处到彼处。为此，我布置

一个个明亮的自己，去熄灭乌鸦

我还有另外一个选择，把自己

倒给意义，化身杯子。激越地发音

韩东： 徐全的确挺会写，很显然读过一些当代诗歌，有过一定的写作训练。从作品意义上说，这首诗比较完整，不是很自发的那种写作。你是"走"到这一步的，有写作历史的，参照了一些东西，阅读也较多，这些在这首诗里都能看见。整体而言语言也比较流畅。现在有一个问题，你借用了乌鸦喝水这个典，但其实你是可以不用典的，直接写就可以了。为什么非得借用典故写不可？我的出发点就是我最原始的感觉，这样不行吗？不是不可以用典，一是要有特别的需要，二来担心你形成习惯。当然很多诗人写诗喜欢用典，但我觉得，至少在开始学习写作时，自我冲动的东西最好多一些，从自身寻找灵感。把自己置身于一个缺少依托的地方，不要那么保守。

这首诗最大的问题就在用典。这个典在这首诗里不是用一下，一带而过，而是整首诗是围绕乌鸦喝水来写的。把一个典扩张成一整首诗，至少目前对你不合适。

具体看这首诗，"其实乌鸦喝水的时候，知道不远处/有河水，它甚至是从河岸边出发的/含着石子，只是想喝杯子里的水/如果杯子里没有水，它就从河里含来水"，这几句太散了，太叙述性了，就像在讲故事，这和你用典有关。不是说叙述不可以，而是在诗歌里，叙述不仅仅是叙述，同时也应该是"诗的"。

像下面这几句就是"诗的"，"对乌鸦来说，喝水不重要/在杯子里喝水，很重要/我已经一天没有出门了，对我来说/出门不重要，为什么出门很重要"，写得很好。这几句语言本身并不复杂，也没有意象，但句子不那么平坦，有一点点弯曲，不是平铺直叙。既简单，又很有意思。转得也好，从乌鸦转到"我"，几乎没有痕迹，的确很出色。

"我是容易掉落的人，有时掉落一个选择/有时掉落一个乌鸦，这是很重要的进程"，这两句也不错，虽然"掉落"这个词有些突兀，但用在这里也算恰当，又联系到了乌鸦。下面这句更好了，"四月的天气/越来越好，我的手也越来越像春枝/搭在窗台上，空旷处"。可能你比较得意"春枝"这个词，但我觉得可以考虑换成"我的手越来越像树叶"，哪怕是树枝、枝条，都比"春枝"好，"春枝"太文绉绉了。我的手像树枝、像枝条，已经很不寻常了，再弄个"春"字来修饰，就过分啦。

"也就是说乌鸦是无外的"，"无外的"这个词有点硬了。接下来的几句比较啰唆，不说了。下面这个地方可能你自己比较得意，"我布置/一个个明亮的自己，去熄灭乌鸦"，也的确不赖。"把自己/倒给意义，化身杯子"，"把自己倒给意义"我不喜欢。和"春枝""无外"这些小词一样，显然是你蓄意安排的，但是太过文艺了。你的确算是训练有素，但是不要过分修辞，即使修辞也得让人看不出来，或者不要那么集中地出现，不要在整体上比较散文化的背景上集中出现。这首诗越到后面越开始象征，故意为之的用词越多，整个效果反倒渐弱。

"岔"出去写

韩东：你说你以前写一些比较繁复的诗，这首可能是平淡一些了，但你保留了修辞上的功夫，这值得肯定。但整首诗还是显得啰唆。你得有进程。这首诗里你只有一个转折，从乌鸦到"我"，然后又回到了乌鸦。干吗总是在这两个地方来回折腾呢？完全可以一直写乌鸦，最后转一下写到"我"，中间可以什么都不写，就是空白、中断，读者自会把乌鸦和这个"我"关联在一起的。

这首诗不长，但写得太多。就这么一个方寸之地，但要有过程，要有变化。你缺少过程和进展，缺少进程，到最后你想用一个比较重的东西压住，于是就写了"把自己/倒给意义，化身杯子。激越地发音"，这其实还是"我"化身成了乌鸦。一直在把"我"和乌鸦进行类比，但没有根本上的突破。前面说乌鸦是这样的，"我"是那样的，那个意思已经有了。最后，你想从词语上把类比的意义提取出来，但整首诗的指向还是在来回折腾。

这就是为什么这首诗显得多，就因为在一件事上绕得太多，笔力又比较平均。于小韦写诗有一种方式，前面写一件事，后面再写另一件完全不相干的事，放在一起，很像电影镜头的剪辑，非常之舒服。你写了乌鸦和"我"，但来回反复太多，就像突破不了重围一样。与其如此，不如在某个地方断掉。前面写乌鸦，后面写"我"。像你这样写，就算是后面下笔比较重，也不一定能够把事情了结。咔嚓一声拦腰斩断，难道不行吗？

总结一下，我提到的问题有几点。一、尽量不要用典；二、修辞不要太过分；三、就是可以"岔"出来写。

刘天远：我想问徐全一个问题，"去熄灭乌鸦"大概是什么意思？我没理解。

徐全：你要让我把具体的意思说出来，我也说不出来，它是我瞬间的意识边界的东西，比如"熄灭乌鸦"，还有前面的"我是容易掉落的人"，都是一种即时的感觉。写诗的时候，这种即时的东西比较迷人。我觉得读诗的时候不用知道它有什么意义，讲的什么意思，只要觉得诗很有意思，然后让你陷入某种感觉、某种情境、某种思考，就很好。

韩东：有些东西他是留给人阐释的。像"明亮的自己,去熄灭乌鸦"这句在需要阐释的范围内,写得真不差,也不难懂。徐全一直在用"我"和乌鸦进行类比,他要让"我"明亮起来,而乌鸦是不明亮的,是"我"的一个委顿的象征。前面写乌鸦,后面写"我",最后要把"我"和乌鸦相似的那一部分消灭掉,"去熄灭乌鸦"。

刘天远:我对这句没形成我自己的理解,所以问了一下。我还有个问题,您刚刚说尽量不要用典,但是就我自己主观看来,觉得他这个典用得很好。而且这也是化用,不是照搬,他把故事重构了一下,构造出自己的一个意思,我觉得这还挺了不起的。

韩东:我的意思是因人而异。因为徐全是经过一定训练的,所以让他撇开以前的训练看一看。他这首诗从完成度上说,写得挺不错,在"知识分子写作"这个范围内,可以打八十分,因为带进了一些很不同的因素。徐全一直在挣扎,一直在学习,他的底子属于张枣那一路的"知识分子写作",他的用典、修辞都告诉了我这一点。在那种写法里算是很出色的。

原始力量

谢晓莹： 这首诗是寒假的时候回外婆家时写的。因为距离远，很多年没有回去。一般都是有特别大的事，喜事或丧事，才会要求亲族到场。在办丧事时，看到山上的墓地，大部分人叶落归根，最后埋在这里。上山下山，会有一种奇异的感觉，说不定多年以后我也在那里。我的问题或者困惑是情感不够节制，我心里偏向于写一些更冷静的东西。我为自己想好目的，所以现在看来，我觉得这首诗有一点情绪泛滥了。

【谢晓莹的诗】

回老家的路口

妈妈，要带我根除这场手术吗

一场雨，从我到来开始，下了很多年

而且，它落在我心脏上空的时间

比这久得——多

是有一些眼泪，和愤怒无法消除

当我看到祖父的血管

他像铁灰色船只上老去的水手

只有排气烟囱还能勉强扭动，它们热气腾腾的心

在这个风雪交加的，用最通俗的话说——受难日

一些灰尘落在我们的族谱上

我无法去责怪些什么

只希望你在天平上，多给我一些自尊心

我的价值，超过一半，由你的权杖衡量

在世为人，许愿变得狡猾，最好是残忍的

却始终轻易跳进每一个陷阱

为此我羞愧难当。

在那株不会结果的桃树下，也没有被允许钉上秋天

秋千把人的影子吊得很高，很高

要走到哪里

才能甩掉山坡上硕大的白云

让人迷惑的、失语的、无可奈何的白裙子

一抓，还是泡影

我得端端正正

把灵魂擀平，风干，铺在泥土上

我为自己选好了墓地，妈妈。

韩东：这首诗好就好在有一种比较原始、粗猛的力量，很有力量。在情绪上我觉得劲儿很大，不是说声嘶力竭，而是有劲道。她的确算是有感而发，而且也愿意采取这么一种写法。谢晓莹可算是力量型选手。你看她的用词，"愤怒""血管""热气腾腾的心""受难日""羞愧难当"等，还有"秋千把人的影子吊得很高""甩掉山坡上硕大的白云"，不太像女孩写的诗。整个的构造力量感很强，比较原生态吧。这是我比较喜欢的部分。问题在于，当你有了一定的写诗训练以后，这种最原始的发力方式能不能保留下来。当然，这首诗也写得很敏感，感觉上很细腻。

"妈妈，要带我根除这场手术吗"，一开篇就很有劲儿，虽然我不喜欢"根除"这个词，用在这里不见得好。"一场雨，从我到来开始，下了很多年/而且，它落在我心脏上空的时间/比这久得——多/是有一些眼泪，和愤怒无法消除"，她的力量是很显然的。

"祖父的血管"如果是叙述还过得去，但"像铁灰色船只上老去的水手"我认为太俗套了。修辞，没有问题，但不能落入俗套，比如"只有排气烟囱还能勉强扭动,它们热气腾腾的心"就很不错,很特别,力量感也保持住了。"在这个风雪交加的,用最通俗的话说——受难日"也还行,一是她故意破坏了句子的节奏,一句话分成了三截;二是来了一句"用最通俗的话说",自我揭露,把俗套给消解了不少。如果是"在这个风雪交加的受难日",那就没救了。

下面一大段,从"一些灰尘落在我们的族谱上"到"也没有被允许钉上秋天",我认为不好,既啰唆,多少也有些陈词滥调。但"秋千把人的影子吊得很高,很高/要走到哪里/才能甩掉山坡上硕大的白云"很好,相当好,既能看见又很有力量,又不平常,而且还不造作,句子也很简单。"让人迷惑的、失语的、无可奈何的白裙子/一抓,还是泡影"写得非常漂亮,节奏在这里也有了变化。"我得端端正正/把灵魂擀平,风干,铺在泥土上"这一句我觉得整个的意象非常完整、完美,甚至下面的"我为自己选好了墓地"都可以不要。

总之,你的诗的确很有力度。但要注意了,诗和人是互相影响的。开个玩笑,如果你很真诚地写疯子,你就会变成疯子。所以呀,写这么"凶狠"的东西你得小心。当然了,在力量方面你是没有问题的,问题就你而言，就是训练。

不要把读和写直接挂钩

韩东： 多读多看，但没必要和你的写作直接挂靠，那是两件事情。如果你带着问题去读，然后直接或者非常轻易地就把所学用到了你的写作里，这不是一件好事情。所以，我还是建议你像以前那样，有感觉、有情绪地去写，按照你原有的方式。不要将阅读和实际操作相混淆。阅读带来的营养自会渐渐地渗透到写作中，这样才牢靠。

需要保持你现在这样的状态。一旦"会写"了，这样的状态能保持多久很难说。要让你学习的东西渐渐进来，不是故意或者刻意地去模仿。比如你去读个半年，读十个或者二十个诗人的诗，读你最喜欢最有感觉的，可能他的因素就进来了，让你的诗有了一些自然的变化。我觉得这样比较合适。怕就怕你丧失了自己的力量感，在修辞上是完美了一些，但丢掉了所长。厉害的东西是在你自己的状态里写出来的，没有蓄谋，写出来你可能都不知道好，是在写的过程中产生的。就怕你一旦"自觉"，这些东西就丢失了。但不学习也不行，只是不要很着急地将读与写进行勾兑。

徐全：我和老师的感觉是相似的，刚开始写诗的时候，其实就是这些东西诱发你去写诗的，写多了以后，你会慢慢怀念这种感觉，会怀念因为一时的感发就能写出来东西的日子，我感觉写诗这件事越刻意越难受。

韩东：我们阅读时很容易被一些好句子抓住，然后你也想写出这样的句子。这便是危险所在。有些人写诗，只是为了这些"妙句"，而把这些句子是怎么来的根源性的东西忘记了。真正的好句子是在自发的状态下产生的。你训练有素，情绪也好，感觉也好，叠加到一定程度，就会出来一些很飞的句子。但我们不能要求一首诗每个地方都飞。整首诗必须得飞，但如果每一句都飞的话，一定是失败之作。

学习大师如何向自己学习

韩东：我们不能倒因为果。读大师的作品，读到很牛逼的部分，那是他的一个结果。我们不可以把他们的结果作为自己写作的一个动因，以为他们是为了这些牛逼的东西而写的，恰恰不是。

研读所有伟大的诗人，最重要的学习就是学习他们如何向自己学习。这话有点绕，需要我们加倍注意，如果你可以揣摩到大师的心理、他的动机，你就是会学习的。这些部分—动机、心理、心思，和大师一样的时候，或者向其靠近的时候，你就能写出同样水准的东西。否则，只是一种外观上的模仿。

你看那些大师的作品，大师和大师都太不一样了，他们每个人都只像他们自己。每个人都知道，向自己学习尤其重要。所以说，向大师学习也就是向自己学习，深入到他们的动机或者发心，学他们是如何向自己学习的。这非常关键。比如说，海明威出现以后，大西洋两岸出现了千千万万个小海明威，很多人学他的语言风格，不要形容词不要议论以及硬汉之类，但海明威只有一个。我的意思不是投机主义：这个方法有人用过了，那我就不用。不是这意思。用海明威的方法写小说的人很多，但没有一个能写过海明威的，只因为他的方法和他这个人的结合是最紧密的。

进出于不同宇宙

韩东：每个大师都是一个宇宙。什么是宇宙？就是它是一个自洽的系统，是宇宙就是什么都有，可以满足你的一切所需。比如有一阵我读海明威，陷进去了，就不再需要读别人。我会觉得像海明威那样写才叫小说，不那样写就不是小说。它能满足我对小说的一切期待和渴求，它是一个自洽的系统。那样的状态下，你偶尔读一下卡夫卡，他自然和海明威写得不一样，你就会认为，卡夫卡写的根本就不是小说。

很多人的阅读都有这样的问题。就是你沉浸到一个大师或者大作家里面，你得出来。如果你出不来，就会觉得他是一切，他是一个宇宙。他的确是一个宇宙，但他不是一切，我们每个人都是一个宇宙，这个世界上有很多宇宙，只是尚未开发而已。或者倒过来，一开始我读的是卡夫卡，把卡夫卡读得稀烂，哇，写得太好了，太崇拜了。然后就觉得像卡夫卡那样写才是小说，其他人的是小儿科。这时候你再看海明威，也会很轻视的。这个道理也像中医和西医，中医拿中医的一套衡量西医，西医用西医的标准衡量中医，就会吵得一塌糊涂。实际上它们各自都在一个圆满的宇宙里。

因此阅读大师要注意。一是必须沉浸进去，必须到那样的程度，就是你不再需要其他了，你觉得诗就该这么写。二是你一定得出来，在这个过程中，来往于不同的宇宙，你才能逐渐找到自己的宇宙，和其他宇宙很不一样的宇宙。那你就成立了。如果你出不来，就永远找不到自己。

过段时间再写

李冠男：我觉得落不到地上的那种词，"天平""自尊心""价值权杖""在世为人"这些太多了，诗是不是写比较具体比较可见的，像"秋天""人的影子"这些好些？

韩东：虽然你们读诗不多，但以前关于诗是什么的观念还是在起作用。这些都是潜意识里的。我说的"清空"就是清除这些东西。哪怕你回到一个基点，一个原点，什么修辞都没有，完全平铺直叙，也比运用那些似是而非的意象要强。所有的修辞手段或者意象其实都可以用，关键是要用得特别，不能听凭潜意识。不对，是不能听凭贫乏俗套的潜意识，而是要改造你们的潜意识。先清空，再填充。谢晓莹的诗我之所以喜欢，是喜欢她的那股力量，带出了特别的东西。

谢晓莹：但这种力量行为，也不能一直这样，老师在结构上有什么建议吗？我经常担心只依靠力量或情绪，会有表达的尽头，最后无法持续创作。我可能会一个月之后再去修改它的用词。

韩东: 你这种力量感是因为是一路写下来的，很多东西焊在一起了。这样的写法着眼于整体。我给你的建议和给他们的一样，如果觉得不满意可以修改，改一改动一动字句，但如果对整体不满意，那就再写一遍。多写几遍，每一遍的结构自然都会不同。

修改和再写一遍不同。再写一遍就是说，你心里面有个东西，放在那儿，甚至是一个月以前或者一年前的一个东西，我再把它拿出来写。写过一次，但是忘记了，这样最好。再写一遍不是照着前面写的修改，两遍之间隔的时间越长越好，不要让前一遍的遣词造句干扰到你。

写一首诗也就半小时吧，觉得不理想，有的人就盯着改。也有人放一放，过段时间再写一遍，一遍一遍地写。这确实是一种方法。你写下来的当时有判断，或者没有判断，但隔段时间后，你再看就会有很清晰的感觉或者判断。谢晓莹是力量或者爆发型的，习惯在情绪的驱动下一挥而就，可以用我说的这个方法。但写得比较斟酌的，比较慢的，虽然也是一个过程，但这个方法未见得合适。

刘天远：我觉得这一段（指"我无法去责怪些什么/只希望你在天平上，多给我一些自尊心"）有点像是在和一个更高的存在者对话。

谢晓莹：对。其实这是双向的，就是我、母亲和外婆。我的母亲带我回家，同时她也回到自己的母亲身边，这里面的关系是双重的，不管是我母亲对我的期待，还是外婆对我母亲的期待，存在着继承的关系，也是对话的关系。

把删掉的拿来做标题

李冠男：我的第一首诗是《识色》，第二首比较短，《鱼》。

【李冠男的诗】

识色

我爸爸的面包车是白色的
不是银白色
不是米白色

不是白得有点发蓝的白色

完全的白

无法描述

除了颜色

我爸爸的面包车和其他车都是一样的

车上的尘土

车头的摆件

车里的人坐在最前面

小时候等不到他的面包车

我就随便坐上了一辆

银白的米白的蓝白的

也可能是认不出来的

又一种白色

一样地回到了家

写好作业

自己吃晚饭

一样地见到了

刚刚回来的我的爸爸

我的妈妈

或者一样地见不到

一样的睡眠填充着夜晚

这一种真实

比白色更难辨认

鱼

我想，或许有一种必然

在世界之初

鱼比水更柔软

必须找到自己的刺

整副吞下

才能飞去最坚硬的地球的海

地球的河流

我身后有成片

划破了胃囊的

鱼的幽灵

韩东：你的诗比较符合我的审美，看上去也挺训练有素的，应该是读过一些东西，能感觉到你的注意力。先说《识色》。第一段虽然是叙述，但这样的叙述并不平常，却又非常平常。这一段是最好的。下面是上一段的延续，劲儿还在，延续并且呼应了第一段。这首诗里最有意思的就是几种"白"，如果没有呼应的话，力量也就丧失了。最后一段，虽然使整首诗更完整了，但也更通俗了。如果不要这一段，我觉得更加完美。到第三段最后一句"又一种白色"我觉得就够了。你的感觉是一层一层叠加的，加上第四段虽然完整但反而不完美了，力量减弱，递减。加上第四段感觉上就像是为完成一个叙述任务。"一样的睡眠填充着夜晚/这一种真实/比白色更难辨认"，这几句其实很不错，但你前面已经力量递减了，所以为了整首诗的完美，只有割爱。

从语言上说，这首诗挑不出什么毛病，因为你基本不用词。这首诗有点怪，从整体上看是一种比较特别的感受。

徐全：我觉得第一句也是比较怪的，"车里的人坐在最前面"，可能一般人感觉不到这一句的好。但其实，你细想就会发现，坐车的时候，不是"所有的人都坐在前面"的，所以这句诗也很有意味。另外，我个人有个感觉，这个标题有点欠考虑。

韩东: 这首诗的题目太点题了, 还不如干脆用《我爸爸的面包车》这样的题目。如果你改题目的话, 我教你一种技巧: 你把最后一段删除, 但这段里有些句子不错, 比如"一样的睡眠填充着夜晚", 可以拿来做标题。这样维度就出来了, 多出了一个维度。标题和诗, 有两个维度。这首诗就不再拘泥在颜色变化这件事上, 就更广阔了。不要总是牵扯到颜色嘛。这个技巧我也会用, 比如我写一首诗, 改啊改, 有些部分去掉了, 但去掉的部分里有某个句子挺好的, 就直接用来做标题。这样, 就等于给你的诗开了一个天窗。读者说不清你是什么意思, 但似乎和诗又有联系, 从情绪上说, 你自己明白确实是有联系的, 因为本来就是这么一路写下来的。虽然这种联系不能一下子被抓住。把最后一段拿掉, 你可能还会可惜, 拿上来做标题, 感觉就值得了。

再来看第二首《鱼》, 你整个的语言感觉的确不错, 这首诗也容纳了比较多的东西。"我想, 或许有一种必然"这句很抽象, "在世界之初"写得很大, "鱼比水更柔软"也很怪, "必须找到自己的刺/整副吞下"很好。很多短诗写得失败, 就因为它不能呈现为一个整体, 只是一些句子。你这首, 虽然短, 有很大的由不同的句子构成的密度，但互相之间是勾连的，是一个整体。这首《鱼》和上一首《识色》使用的方法也不一样，写诗能够做到首与首之间有差异，非常好，是成熟的标志。

徐全：通过冠男的这首诗就可以看出来，冠男有思辨性，她拥有某种难能可贵的注意力。

刘天远：我觉得第二首诗有那种特别遥远、特别古老的感觉，它像一种失落的文明，告诉了你一个很古老的、你不知道的秘密，而且是残忍的、流着血的秘密。

李冠男：我是觉得跟人的生存有关系。

徐全：你写的时候是不是这种思路：有种说法叫"回到物之前""冥冥之前"，就是回到鱼还不是鱼、鱼还没有鱼这个名字的那个世界去。

李冠男：我在意的倒不是一个很宏观的世界，只是在意鱼和它自己的刺的关系。

韩东：这首诗的确不错，有点非现实。我们还是得找出一些问题。标题不好，太实了。你可以从诗句里找一找。我觉得可以起一个庞大一些的名字，就叫《世界之初》，干脆大气一点。

思考是集中注意力的过程

徐全： 韩老师，我特别想问您一个问题，我之前看您说卡夫卡的写作是"潜意识写作"。我感觉我的写作走了很多弯路，我也尝试过很多的方式，如果想要回到"潜意识写作"，或者是找到那种感觉，有没有什么比较适用的方法？

韩东： 几乎所有的人研究写作方法，其实都是想找捷径，似乎可以一劳永逸地解决问题：将来我就按这个方法炮制，就不用愁了，不用烦心了。其实，如果你准备写一辈子的话，你就会发现，这是不可能的，永远达不到的。包括我，我写了四十年，仍然在想怎么写这个问题，仍然在找寻一种方法。所有的大师其实都知道，写作就是一种苦。海明威，六十二岁，诺奖也获过了，写不出来就开枪自杀了。当然他的死还有其他原因，这先不论。作为一个自觉的写作者，你将终生受困，终生都会被写作方法这类的事困扰。你今天想明白了，过个半年就又不管用了，觉得你前面想的不对。所有的这些灵感枯竭、写不出来、不知道该怎么写，所有的这些想不明白、想了又想、丧失自信、自卑等都将伴随终生。你想一劳永逸地避免写作的痛苦，但避免不了。

思考和阅读有很大的作用，但它不能直接运用到你的写作中去。它最根本的作用就是这是一个集中注意力的过程。

写诗不是说有一张纸一支笔就可以写的。如果在这件事的事前事后都不想写作这件事——也有人真是这样，那是不行的，肯定写不好。你需要一直为这件事痛苦，一直在阅读，一直在寻找诀窍，一直在探索奥妙，一直在这件事的里面。这个过程本身，保证了你注意力的集中，集中到写作这件事上。

不懂行的人认为，写首诗也就几分钟的时间，最多半天吧。其实不然，很可能这半年你都在准备。反正我是这样的。如果我写诗，就不能干别的事，这半年里既写不了小说，也写不了别的。写诗也不是天天在写，而是脑子里一直都在琢磨这件事。具体写一首，一会儿就写完了，但什么叫诗、怎么才能写好，又是阅读又是思考，这整个的过程却不可或缺。这个过程就是集中注意力的过程，让你的注意力在这儿，就像瞄准，如此才可能写出好东西。

很多人都在贩卖写作诀窍，告诉你，诗应该怎么写，比如拿掉形容词，或者，一首诗也就是一些好句子，你想好句子就能敷衍成一首诗。所有这些诀窍都只能管一时，但你真正想写好，有所进步或进展的话，思考的痛苦就会伴随终生。没有捷径。当然，这是一个比较高的要求。

方式不是决定性的

韩东： 现在的诗歌圈，不论是"口语化写作"还是"知识分子写作"，在我看来都很容易。因为掌握了一些诀窍，有一些范文、教条在那里，把握起来很容易。口语化很容易，哗哗哗地写一堆，可以天天写，看起来很繁复的诗其实也很容易。繁复不等于难度，真正的难度是你要写一首好诗，不论口语化的还是非口语化的，那确实太难了。

方式决定一切，这话不可相信。一个圈里大家都觉得口语化写作（我暂且用"口语化"这个概念）很高端，但在口语的范围内，也有一流、二流的区别。也有八流或者不入流的，都有。同样，反口语化的写作，就是说用词比较刁钻、花哨的，也有特别好的，也有特别low的。

很多诗人都在争夺方式的优越地位，就像竖大旗一样。比如知识分子写作，就认为语句繁复的诗是最高端的。好像只要在这样的方式下写就能高端一样。另外一方说口语是最高端的，好像我们只要用口语写就牛逼一样。其实，不是方式方法或者外观，写作的高度是由一个人的天分和用心决定的。我相信用一种方式写出一流作品的诗人，换另一种方式仍然会是一流的。这个可以推演得很极端，一个用自由体写作的一流诗人，如果放在写格律诗的古代，仍然会是最好的格律诗人。我相信会的。方式可以置换，决定不了根本，关键还是人。

标准化和非标准化

谢晓莹：我挺喜欢徐全的这种语言。所以我想问一下，你说你之前也做了很多的努力，尝试过不同的形式，你怎么确定属于你自己的形式？从之前很复杂的语言，转到现在这样的语言，有什么样的过程？

徐全：其实主要还是认识上的，对诗歌的理解会带来这种转变。写诗的年轻人很多，大家都读过很多书，都很有学识，你也会发现很多人都很难摆脱自己擅长的东西，越是有表达才能和表达天赋的越容易陷入表达。我自己也挣扎过，意识到这个事情之后，自在和简单了许多，它是一个公开的秘密：少，即是多。

现在我什么都写，口语也好学院也罢，我不关心诗的类别。修辞这种东西虽然很危险，但是有的时候也很需要，我觉得其实韩东老师也是一个非常擅长修辞的诗人，当然，韩老师用得谨慎、必要，我现在大概的感觉是这样的。

韩东：其实，你不用把诗分类。诗只有一种。口语、学院这种分法一是着眼于外观，二是可能评论家更需要它们。当然，你能就这些问题进行思考是非常非常好的。作为一个写作者，一个"选手"，我们每时每刻都要回到某种不会写的状态，回到一些基点上。这个基本的东西，就像你学《英语900句》一样，学《新概念英语》第一册一样。回到这些基本的东西你就会有灵感，或者说会敏感。要回到语言最简单的状态，当然，不一定就是你最终呈现出来的语言状态。我们不可以忘记语言本身有它自己的一个质地，只是后来，为了把话说得漂亮或者文学一些，我们会使用很多修辞方式。很多诗人习惯性地修辞，成了大脑的一种定势后，就不会简简单单平平常常地说话了。

但同时，我也是不赞同用方言俚语写诗的，可能它们更加生动。我从来就不赞同"口语化"这个提法，我觉得有一个普通话的概念在里面。普通话就是标准化的口语，现代口语，和我们现在的书面语是一体的，都统一在现代汉语这个概念里。我们需要用比较标准的语言写作，现代汉语进展至今，有了这样的一种可能。

当然，诗人都不自觉地会反叛标准化，对标准书面语的反叛就是使用更多的修辞、更复杂的句子，而对标准口语的反叛则是方言、俚语、乡音入诗。力图非标准化、不正确是诗人的本能，我们会有意识无意识地把事情搞得相当复杂。一句话写得不够标准，甚至不符合语法，写得"跳脱"，在一首诗里完全没有问题。

但在这么做之前，你首先需要知道标准化是什么。就像学习一门语言，你首先得学语法，学习规范，学一些很乏味但是很标准的句式。

话又说回来，失败的口语化写作问题出在哪里？就在于它一直停留在标准化这个阶段，没有来自个人的对语言的"歪曲"，话说得也没什么毛病，很准确，但就是没有意思。在使用繁复的语言写作的那帮人里，你也能感觉到同样的毛病，缺乏个人才能，只是不断地重复一些陈词滥调。读了不少，但食古不化，不断使用夜莺啦、玫瑰啦、麦地啦这些意象。这些实际上也属于书面语里的标准语，只要一动笔就不假思索地用这些，大海啦，白云啦，春暖花开啦，全来了。其实你大可以写一点非标准化的东西，至少给人的感觉会不一样，像徐全的"我是容易掉落的人"，这样的用语就很有感觉。

第二讲：阅读

这绝对是一个信息爆炸的时代。所有涌来的信息都有用，关键是在它们轰炸的过程中，找到对你胃口的诗人。

自我怀疑是深入的标志

韩东： 开始以前大家有没有想问的问题？如果没有我们就直接进入正题。

刘天远： 有的，上周我认真地读了您的诗集《奇迹》，我觉得是非常了不起的诗集。我也按照您的指导去读了一些诗，诗人里面我比较喜欢R.S.托马斯，他的诗歌里有非常神性的东西。但这周我变得更困惑，像您说的一样，我还没有找到诗歌应该有的语言。不说整体诗歌的语言，就是写诗的语言，我在试图找，也在反思，也在阅读。但这一周过去，我感觉我连话也不会说了，还是不知道有没有找对。

韩东： 这绝对是好事。

刘天远： 我不知道这样做对不对，或者方向有没有跑偏。

韩东：写诗不存在"跑偏"。有些人从一开始写作，就找到了一种方法，始终写得很顺当，一写几十年。这些人没有写作障碍，没有自我怀疑，这当然也不错。但这种方式并不是唯一的，也未见得很好。

我说过，只要你写作或者写诗，注意力集中在这件事上，就会思考这件事。人有一种本能，总想找到比如"武功秘籍"，或者一两句原则性的指导、指南，从此以后便可一劳永逸了，把写作的问题彻底解决掉。每个写作者都有这样的潜意识，我年轻的时候也有，总想找最靠谱的、最牛逼的、最适合自己的一种方式方法。而且经常觉得自己找到了，以后就这么写就可以了。

前面我讲过，我们思考、阅读的意义在于集中注意力，把注意力集中到写作这件事情上。具体的思考结论，比如怎么写、运用何种技术或者方式，则对写作没有多大的帮助。这是两件完全不一样的事。思考、琢磨固然非常重要，但如果你指望思考、琢磨得出的具体结论能永远指导你，五年、八年、十年，就这么一直写下去，那是痴心妄想，也不符合写作这件事的本性。

所以，在心理上需要了解这一点。我们的确需要思考，但思考的意义或者目的落在什么地方，则是另一回事。思考会产生阶段性的结论，但不要相信那是最终的绝对真理。恰恰相反，不会写——就像你刚才说的，不知道如何下笔，这可能是深入的一个标志。不是一件坏事。

如果你觉得自己永远都能写，没有挫折感，不需要琢磨，只要拿起笔来就可一气呵成，可能你的确是这样的，但写的东西未必算数。你忘记了怀疑。

我写了四十年，即使现在要去写一首诗，我也会觉得我不会写，不知道怎么写，甚至不知道诗为何物。并不是只有我才这样，任何一个自觉的诗人，我相信都会有同样的感受，都会受到写作这件事终生的折磨。

对自己的作品不满意，怀疑自己的写作才能，怀疑自己写作的方向，诸如此类，只要你写作，在这件事上有要求，这种纠结、这种折磨就会伴随你一生。但这样的困境又的确是某种自觉、成熟或者深入的标志。

去读一些作家的笔记，他们的回忆录、诗人之间的通信等，看一看他们的自我剖析，你就会了解到，所有这些厉害的诗人，在写作这件事上都很较真。这个较真就包括身心折磨、自我怀疑、不知道该怎么写以及所谓的"灵感枯竭"。所以说，在这件事上我们一定要有平常心。当你说不知道自己应该怎么说话、方向可能错误的时候，我觉得太好了。如果我们讲了两堂课，你没有这样的感觉，反倒有问题了。

所以说，对自我怀疑要有一个心理准备。写作就是寻找，从琢磨不透到试图理解，从看见外观到看见里面，然后你去写，并且思考，暂时用一个结论把自己的阶段固定住。大家都说诗人的风格很重要，要找到自己的风格，说语言风格是一个写作者成熟的标志。但我要告诉你，你的那一套在某一个阶段上可能管用，但如果继续深入的话，原有的那套就会成为羁绊。诗歌不是别的，就是发现，就是自由。

理论和作品是不同的面

韩东：比如徐全，一开始他喜欢张枣，学张枣，后来又不满足，这说明他在琢磨写诗这件事。倒不是说张枣的方式有什么不对，我们最终要找到的，还是自己的方式。但即使我们找到了自己的方式，那也应该是通过作品呈现，而不是先有一个理论。很多写作者的理论和他们的作品之间存在很大的差别。我们的目的是写好作品，不是在理论或者公式上有所发明。

徐全和刘天远都是理科生，比较较真，某种执拗和认真是好事情。科学理论的公式都是非常清晰的，但诗歌却没有这样的理论或者公式。我们也不是搞文学理论的，我们是选手，要跑出成绩，不管用什么方法，目的都是写好。

文学史上也有很多作家，谈论自己的作品，并且喜欢阐释。也有一些学者型的作家还弄出了一套自己的理论体系，但写出来的东西和他们的理论还是会有差别。如果一个人说他的写作和他的理论严丝合缝，没有一丝一毫的出入，他是"想清楚了再写"的，那我们对他的写作就得打个问号。

大家都假定作家的自我诠释最具有权威性，我则不这么认为，我认为自我诠释是最需要怀疑的。写作者叙述自己的童年经历、剖析自己的心理，不过是提供了一个途径，沿着这个途径我们可以自己去寻找答案。假设这个作家撒谎了，或者他的潜意识里有不愿意揭露的东西，有美化自我的意图，他的结论还成立吗？作品一旦完成，其实就独立了，独立于写作者而存在。作品本身必须接受打量、质疑以及来自不同方向的探究。

法国新小说作家罗布-格里耶就是一个阐释家，说得特别清楚，意识形态、发展阶段、变革的必要以及应该如何写。非常非常清晰，也折服了很多人。我举他的例子是因为比较典型，他的写作和他的理论就是严丝合缝的、力图一体的。他是"想清楚了再写"的。我们当年，年轻的时候被格里耶深深吸引，现在再看，他的理论仍然成立；但他的作品，你读了很多（其他作家）之后，就发现最多是二流的。再比如契诃夫这样的一流作家，他也思考，也运用理性进行思辨，但他所说的和所写的形成了一个立体的关系，而不是一一对应的。

立体的关系，就是说，一个写作者有很多面，做人是一个面，写作品是一个面，思考写作又是一个面。这些面之间差异甚大，但在一个好作家身上又同时并存，甚至不互相干扰。每个面都是相对独立的，如此才可能构成某种立体。如果一个面完全是另一个面的影子，那只需要一个面就够了。

岔开来说了这些，不过是想说，刘天远的自我怀疑绝对是一件好事。并且你这种不会写、这种痛苦还会继续下去。我也希望它们能够继续下去，伴随你写作的整个过程。

读你最喜欢的诗人

韩东：我们一边动手写诗，一边阅读，但阅读其实是一个大问题。我们今天说一下如何"功利"地阅读，在这里这个"功利"是加引号的，也就是说，我们从写作的需要这点出发谈阅读，为了写作而阅读。这当然是一种功利，但和为了升官发财甚至扬名立万的功利是不同的。首先，我们必须直接读作品，你是写诗的，就必须去读诗歌作品。读小说、读理论、读文学史当然也很好，但次序需要靠后。如何挑选最适合自己阅读的诗歌作品？这是第二个问题，因为你仍然有太多的选择。

这就像建立一个坐标，你要明白自己身在何处。现在，至少有一根坐标轴是确定的，就是，你是以写诗为目的的。再看另一根坐标轴，诗歌作品仍然浩如烟海，读谁的、怎么读仍然茫无头绪。每年出版那么多诗集，中国的，外国的，每天微信公号推送那么多诗歌作品，各种流派和风格的都有，这绝对是一个信息爆炸的时代。显然，你不可能所有的这些都去读，不可能也没有必要，回到第一条坐标轴，你是写诗的，而且是写现代汉语诗歌的，OK，那就直接去读现代汉语诗歌。唐诗宋词当然也得读，但那是退后一步的事情。你写什么，就读什么，读这样一个范围内的东西。

这仍然是一个很大很大的范围。但其中很主要的部分是翻译作品。由于当代汉语诗歌和翻译作品的关系极其紧密，读翻译作品自然是重中之重。但这类作品还是太多，还是有同样的问题，读谁的？当然首先是比较热门的，像佩索阿、辛波斯卡、保罗·策兰，等等，不是那么热门的你也不知道。但你得知道两点：一，这些诗人热门也是这些年热门，比如在我们的学艺期，以上这几个人几乎都没听说过（我们有我们那时候的热门诗人）；二，这些热门诗人或许是一些好诗人，但并不是唯一的好诗人，有的诗人甚至写得也不怎么样。但没有办法，一开始你只能碰见大众或者小众意义上阅读的热门人物。

关于热门，我要多说两句。一个诗人之所以热门，根本原因还是因为媒体的炒作，之后他才有可能进入大众的视野。如果你是一个专业"选手"，就不要完全相信这样的热度。冷寂的诗人才是我们真正需要寻觅的，但目前你还难以发现。很多东西其实都是营销的结果，包括我们很容易就看见的一切，很容易就获得的一切。名人推荐也好，好书榜也罢，争相传阅的东西都需要警惕。我不是完全否定市场，只是你们要知道市场作用的特点，审慎对待热门。

当然，另一些人会提倡，一个初学者有必要按文学史的顺序展开阅读，从荷马史诗《伊利亚特》读到但丁，再读莎士比亚的十四行诗，再读到艾略特，等等，对诗歌史有了一个整体的梳理和了解，才能算是真正地入门。

首先你读不完。其次，你的目标不是搞诗歌批评，不是做学问。我个人的经验是，就你现在的可能的了解，借助诗人圈子、商业炒作的热门以及文学史，所有的这些路标都可以使用，然后广泛涉猎。你都需要读一下，扫一眼，尽量多了解。但最重要的还是启动你的内心、你的热忱。也就是说，在这些五花八门的诗人身上不要花太多的精力，直到有一天，你碰到了一位你真正喜欢的诗人，那就好好地读，认真地读，读仔细。哪怕用半年一年的时间去读一个诗人或者一本诗集都是值得的。

借助所有的路标，进入专业的圈子，从热门到冷门，最后抵达你内心热爱的、和你有所共鸣的。当然，我们没有必要永远执着于一个诗人，现在沉浸，以后也许就不沉浸了。某个阶段碰到一位心仪的诗人，被他的天才和表达打动，这是了不得的事。有必要详细而深入地去阅读。比如刘天远刚才提到的R.S.托马斯，绝对值得花上半年时间去阅读。

所有涌来的信息都有用，关键是在它们轰炸的过程中，找到对你胃口的诗人。无论他是哪个流派、文学史的评价如何，都没有关系。找到这样的诗人需要时间。比如某天你读了五十个诗人的五十首诗，比如读了一本《北欧现代诗选》，读完之后大概有个印象，觉得某个诗人不错，比如觉得特朗斯特罗姆不错，那就多读一些，找他的作品集来读。如果发现整体来说并提不起兴趣，那就果断放弃，然后再找，找到真的是你特别喜欢的。就像徐全当初找到张枣，不管他找到的诗人是不是最好的，这个另说，关键是他发现张枣时当时的热忱。在这样的热忱下徐全沉浸进去，大有收获，你们可以发现张枣的一些营养已经进入了徐全的诗歌。

所以阅读，我希望你们用自己的热情自己去寻找，找到个人喜欢的诗人。现在的诗集太多，信息量巨大。古人说学富五车，其实五车竹简也没有多少内容，现在的情况不同。但古人读书的方法可以学，就是死记硬背，开始不理解，背下来也好。把直觉上喜欢的但不能完全理解的东西背下来，忽然有一天你就全懂了，或者说全通了。当然今天我们所谓的背只是一个比喻，你背不了那么多，但可以反复深入地研读。

如果有一本你特别看重的书，读十遍，比你读十本甚至二十本不一样的书收获更大。在阅读过程中找到对自己胃口的，或者在某一阶段上特别喜欢的诗人，反复去读，直到反胃、怀疑，从他那里出来。当然，如果你读进去了出不来也完蛋，那就在一棵树上吊死了。

偶尔一瞥

韩东：同时，我也强调广泛涉猎时的放松。偶尔读到一个东西，突然击中了你，有时候比你沐浴焚香正儿八经地去读更有奇效。六祖惠能不识字，挑柴送到顾客家的时候，听见有人念诵《金刚经》，欢喜得不行。那是风刮到他耳朵里的，估计也就那么两句。惠能由此走上求佛之路，后来悟道了。武侠小说里也常有偷艺的情节，扒在墙头上偷偷地看。你在阅读中偶尔读到一句话，或者偶尔读到某个诗人的一句诗，甚至都不是定睛去看的，这种恍惚不经意的目光有时也特别重要。可谓惊鸿一瞥。

我们不仅需要看见诗的高妙，还要能想象出诗的高妙，偶然的一瞥里就有想象的空间。你偶尔读到的那几句诗，也许并不是一流的，但你觉得或者以为它是一流的。瞥了一眼，然后加以想象，如何如何之好，那个价值就在你身上了。这里不需要死记硬背，甚至不需要记住那些句子，记住你读到它的时候那种被击中的感觉，那种情绪或者氛围。

读诗，读作品，要读得实实在在，读得很实。我说过，需要读十遍以上，甚至于你可以非常恭敬地一个字一个字地去抄。但光有实的这一面还不行，我们还需要有"虚"的一面。道听途说、日常生活里偶然的一句话，惊鸿一瞥，我们会赋予它们另一些东西。这种灵敏，这种反应需要有。有时候你想起来要去找那句话，那种感觉，但是再也找不到了。找不到更好，那个东西就永远地留在了你的想象里，需要的时候我们会把它召唤出来。

我们大量涉猎的时候，一些偶然的东西，比如地铁里的诗广告啦，手边翻开的书啦，手机里收到的信息啦，翻一翻，随便看一眼，不要当真。房间里放了很多诗集，有时间抽出来看上几页。你是写诗的，需要和这些有关的东西生活在一起，制造一个相处的氛围。但是，不要紧张，不要过于认真，这就是"虚"。需要有很多诗的因素或者语言因素在你周围飞来飞去，如此，灵感才会到来。

有些人读诗很匆忙，仅仅是翻开，这也不对。我们要有很笨的一面，也要有很聪明的一面，既要实也要虚。

生活在写作的感性氛围里

韩东： 阅读是需要氛围的。比如说我们是球迷，喜欢某支球队，往往就会对球员的情况很清楚。对他们的私生活、家庭、成长、来龙去脉很清楚。我们津津乐道，就像那是一个故事。但作为一个运动员，你没有必要这样，但也可以这样。我的意思是什么呢？是说，比如作为娱乐节目的观众，不看那些明星们的表演，只是关注他们的生活，谁和谁劈腿，谁当年如何如何，这些我们了如指掌。我们就像在读一个故事，而故事造就了某种氛围。如果你是一个写诗的人，除了直接阅读诗歌作品，也可以考虑像球迷一样，像粉丝一样，将大师生活的戏剧性的部分，当成故事来了解。对于你自己写作不一定起作用，但生活在那样的氛围里总是有益无害的。

大师的故事很多。比如卡夫卡和博尔赫斯是什么关系，艾略特何时何地因何原因给西蒙娜·薇依的书写的序，西蒙娜·薇依和波伏娃、萨特又有何交集，所有的这些都非常有趣，可以把不同境遇甚至不同时代的作家们联系起来。海明威为什么要把菲茨杰拉德带到男厕所里？海明威又在什么情形下送了毕加索一箱手雷？马尔克斯为何对胡安·鲁尔福赞不绝口？年轻的时候他又是如何在大街上看见海明威，隔着人群大喊"大师"的？马尔克斯说得很好玩："海明威明白在众多学生中不会有第二个大师，就转过头来，举起手用卡斯蒂亚语像小孩子似的对我大叫：'再见，朋友！'以后我再也没见过他。"知道这些，虽然对写作并没有直接的帮助，但在想象里你就成了这个写作大家庭的一员。也像是在一个村子上，家长里短的，彼此才是乡亲。这至少对写作的氛围而言是有帮助的。

一个诗人，读很多理论，严肃的沟通只能在很小的范围里进行。如果是一群人围坐在一起，聊一聊大师们群星璀璨的年代,也很有意思。写作这件事不仅需要严肃,需要有写出杰作的"功利",同时它也是一种生活,需要有生活的感性内容在里面。

谢晓莹: 我以前听某个老师上课,说我们和以往的大师,比如李白、杜甫、李商隐等,虽然隔的年代久远,但依然是"君住长江头,我住长江尾,日日思君不见君,共饮长江水"的关系。

韩东: 是的。我在《五万言》里说过,你是写小说的,小说世界的重要性远远强于现实世界的重要性。写小说,就要做一个小说世界的公民,学习小说世界的语言,对小说世界了如指掌。那么我们写诗,就得做一个诗歌世界里的公民。现实生活固然重要,但那可以说是自带的,你已经有了。所以我从来不反对追星,不反对名人轶事,不反对飞短流长,这些方面你知道得越多越好,虽然都只是故事。

徐全: 韩老师讲的这个故事性的东西,我还挺有感触的,我之前尝试读哲学的时候,是比较严肃、比较郑重地放在书桌上读,身上环绕着思考的痛苦。后面我读到一本书,叫《存在主义咖啡馆》,它会把存在主义相关的哲学人物放在一起,假设他们像我们这样有一个圆桌聚在一起,然后谈胡塞尔、海德格尔他们之间的故事，谈萨特、波伏娃他们在二战时期的一些生活中的故事，读完这本书之后，再去读哲学，感觉氛围就不一样了，比如，你会发现，有时候两个哲学家关系好，他们的想法、哲学观点会有很多相通的地方。很有意思。

谢晓莹：海明威的《流动的盛宴》讲的也是这些东西。

韩东：这也是建立所谓坐标的一个途径，不一定非得读理论。理论当然可以读，我不反对读作品之外的东西，但在这里我们强调的是"功利性"（再说一遍）。如果你有时间，当然可以去读一切，但不要忘记我们最初的目的。读作品，其次是读诗人的生活。你活一辈子就要读一辈子。还有唐诗宋词、中国传统文化这一大摊没说呢。有那么多的东西需要阅读、吸收，所以就慢慢来吧，有个轻重缓急。

我们说的是一种比较"聪明"的读法。你是运动员，是选手，想写出好作品，不要忘记这个原始的目的。所以我才说，你想写什么，就读什么，你喜欢什么，就读什么，你想成为什么人，就读什么人的生活。大概就是这样吧。这就是我说的"功利"。比如谢晓莹，我觉得塞克斯顿、普拉斯你可以找来读一读，看看是否合胃口。上次看你的诗，某些地方让我想起这两个诗人。

谢晓莹： 上次课结束，我去图书馆找了普拉斯的书，她的语言比较自由，一些地方强力而激烈。但普拉斯的诗歌我也不是都喜欢，她会把一些以丑为美的东西写进去，目前我的状态，会觉得以丑为美还是比较危险，比较难真正使用好，我也在积极去找自己喜欢、会迷恋的诗人。

在圆桌讨论之后，徐全也给我发送了一份他阅读过的书的书单，比如特朗斯特罗姆、策兰、斯蒂文斯、阿米亥、米沃什、聂鲁达、里尔克、毕肖普、谷川俊太郎、吉尔伯特、卡瓦菲斯……还有很多中国现当代的优秀诗人，长长的名录，几乎有名的诗人他都看过，都有了解。我和刘天远刚开始，有很多散乱的东西像阴影一样环绕，然后某一天突然决定开始写诗。

在这之前我阅读的诗歌也很少，有时还抱有一种恐惧，大量阅读之后，会不会形成某些"美的标准""美的逻辑"，然后被束缚住。所以我觉得这个圆桌会很有意思，它可以呈现新人刚刚走入诗歌的困惑；写了一段时间，想要取得更多进步的困惑以及写了几十年，依然觉得"仿佛不会写诗"的困惑。它里面包含的可打磨、可进步的空间，非常辽阔，不是一件简单、轻率的事情。

我平常用的阅读方法其实和韩东老师说的有很多相同的地方，只是以前没有刻意总结过。很长一段时间我对诗歌很困惑，不能确定自己到底有没有读懂诗歌，不知道读什么，不知道怎么开始写，我就去书店、图书馆，坐一整天，走到诗歌区，把所有放在那边的诗集都拿来看看，喜欢的买回来反复读，没有印象的就放回去。

韩东：对，这样就好。读了不感兴趣的就暂时放在一边，找到喜欢的诗人就多读几遍，多看几本，可以从他最早的读到最后的，有一个完整的了解。

工整的诗

韩东：大家没有什么问题的话，我们就进入具体的作品。

【刘天远的诗】

理发

推子嗡嗡响

理发师正漫不经心地

收割我的头发

我不怪他

一颗头颅有十万根头发

一百颗就是一千万

这枯燥的数字，堆成

一个个黑色的山包

死神果真身穿黑袍

手执镰刀？

漫无止境地收割啊

再勤勉的农夫也难免疲劳

我想他也有一把

嗡嗡响的推子

漫不经心间

我们成片地倾倒

韩东： 大家可以先讨论一下，说说自己读完这首诗的感觉。

李冠男： 我发现他押韵了，你是有意识地押韵，还是写完才发现的？

刘天远： 我现在看这首诗，才注意到一些地方押韵。

李冠男： 那你是自然的还是有意的？我很好奇，有时候我看自己的诗，也会突然发现押韵了，但我之前没有意识到。是不是从小学习古诗，会有下意识，我在想押韵是好事，还是一种阻碍。我们是需要顺一点的诗，还是有阻碍的诗歌？

刘天远： 我不知道，我觉得押韵只要不是故意可能就没什么问题吧。

韩东： 是的，没有必要刻意注意。可以先写完，放到修改阶段再解决其他问题。写诗刚开始不用那么谨慎，好诗是修改出来的。

在这首诗里，你把理发师和死神进行了类比，我觉得这个类比没太大的新意。语言还不错，只是大的想法弱了一些。开始读，我以为你是在写实，写一个理发的过程。"推子嗡嗡响/理发师正漫不经心地/收割我的头发"，刚想问你为什么用"收割"这个词，然后就读到"死神果真身穿黑袍/手执镰刀/漫无止境地收割啊"，才明白你的呼应在这里。当时我在"收割"这个地方愣了一下，觉得用得不好。

为什么你不直接说"剃去我的头发"呢？我明白你的意图，你是要前后呼应，和死神的收割呼应。但如果你不玩花样，剔掉"收割"的意象，核心内容仍然是存在的。如果我们剔除"收割"，再看这首诗，它就没什么意思了，问题就暴露无遗了。如果是个小学生，将理发师和死神进行类比，涌现出对死亡的恐惧，应该说想象力还不错。可你是个博士生（我开玩笑哈），这首诗里的想法缺少一个孩子因天真带来的反差，就不成立了。

这首诗比你上次那首也短了很多，看来你拘谨了。上次你觉得你不会写，但那种敏感性、直觉上的触感，我觉得非常好。不要放弃自己的优势，也不要讲太多的道理。这次的诗不仅押韵，韵还押得不很自然，四行一段，就跟《再别康桥》似的。这首诗排列很工整，和上次的完全不一样，上次的比较恣意妄为。

你可以放开来写，有的段落一行，有的两行或者三行。不是说诗不能写得工整，我也写过很工整的诗，只是在初学阶段不要去刻意约束自己。太注意工整，形式上的要求会带来一种压迫，那种最原始的活力难免就被舍弃了，上次那首诗里体现出的才华就被"收割"了。至少在目前阶段我不建议你写得很工整。这首诗其他都不错，就是被拘住了，你可能一直在思考怎么写，想着要有变化，转向了一种控制性的写法。这种控制这种工整限制了你，字里行间畏手畏脚。

你现阶段写诗，心里大概有一个想法，有了冲动就开始，不需要计划好。这样，在写的过程中才会有灵感进来。目前不宜采取自我约束的方式。

刘天远：其实您现在看到的形式确实是结构过的，我去理发店，突然有一些联想，然后把它记下来，本来是很顺畅从头到尾写完的诗歌。后来想了一下，会不会太普通、太随意、不像诗了。我考虑是否应该分行，就把它截成这样，我可能以为，每节课都要有一些改变，诗歌应该有一些合理的分行，不应该和我以前交上来的作业一样。

韩东：我知道，你是修改过的，但改得工整不太好。你应该写上次的那种诗，前面不知道后面，顺着感觉往下写。写完了再修改，但不是往工整的方向修改，说不定是往相反的方向，比如残缺一些。我们再来看你的下一首。

按自己原来的方式写

【刘天远的诗】

毕业酒

深夜的烧烤摊

我们和老师围坐小桌前

喝毕业酒

老师不无深沉地

讲起他这一代人的际遇

我们听着，有时候也说

两代人各有各的激越

却总在黯淡处相接

他倾吐经验，像蜘蛛吐丝

在推杯换盏间凝结

必然性缠绕成茧

谁也再伸不开手脚

午夜过了

他看了一眼手机，说

"靠，今天就高考了"

远处传来另一代人的呐喊声

韩东：这首不错。"深夜的烧烤摊/我们和老师围坐小桌前/喝毕业酒"，虽然写得很简单，我觉得相当不错。"老师不无深沉地/讲起他这一代人的际遇/我们听着，有时候也说/两代人各有各的激越/却总在黯淡处相接"，这些也不错，但用词有点问题。你可以考虑一下，"际遇"是否需要修改。还有其他一些用词。任何词语都可以用，但需要考虑是否合适，用词要谨慎。比如，"两代人各有各的激越/却总在黯淡处相接"，意思是很好，有诗的感觉，但应该有比"黯淡"更好的用词。

"他倾吐经验，像蜘蛛吐丝/在推杯换盏间凝结"，换成"他吐出蛛丝"，不要"他的经验像蛛丝"不是更好吗？这样比较直接，语言也干净利落，就写成

"他吐出蛛丝/推杯换盏间结成一张网"就可以了。我这是举例。你的意思虽然有了，但句子之间的衔接还是太工整。很多人写诗，把所谓的诗意看得太重，一定得修辞一下，这没错，但找到精确贴切刚刚好的修辞，其实是很难的。有时候少就是多。你可以说一下，为什么写这首诗？

刘天远：它是纯粹的纪实过程。这段时间我研究生毕业，前几天和我们老师一块儿去喝酒，他给我们讲他们那代人的故事，我们也讲我们这代人，就是说这几年的经历，聊到最后很感慨。十几年前那代人的求学经历和现在的求学经历比起来，两代人牛逼的地方不一样，但是吃亏的地方都差不多。老师讲了很多他的感想、他的经验，避免我们走他的弯路。这些经验的来源就好像一种陷阱，在限定的生活里面，我们只能按限定的方式在这个圈子里打转，非常巧合地犯着同样的错。

韩东：你看你刚才说话，里面就有两句很好，"牛逼的地方不一样，吃亏的地方都一样"。这两句不就是诗吗？这样说话就是诗，你明白吗？不需要太多地进入诗意，也不需要说太多。我们绞尽脑汁地去表达一些东西，但有时候你会发现，生活中的一些言谈，里面就有天然的诗。

刘天远这首诗有个地方要表扬。你们看结尾这段，这之前这首诗一直在说和老师的交谈，如果始终纠缠在老师、同学的毕业酒的场景里，就一般化了。来了这一段，"午夜过了/他看了一眼手机，说/'靠，今天就高考了'/远处传来另一代人的呐喊声"，一个转折，就走出来了。不是说每首诗都需要转折，只是说，当你沉浸在某件事或者某个场景里的时候，诗的余地就会变少，所谓的诗意会停留在原地打转。

谢晓莹： 我好像有点理解这个话题，以前一直执着于写什么，去删减笔下的句子，围拢一种核心。之前看电影《白日焰火》，全片的线索是调查案件，解开一个谜团，调查过程中有一个非常不相关的细节，警察在居民区询问可能的知情人，他们同时注意到，楼道里有一匹走丢的马，它的脑袋快要顶着房顶了，目光很胆怯。但这个片段本身和破案没有任何关联，可能只是马走丢的那种无措、奄奄一息的眼神和电影氛围相关。包括台湾老电影拍青春，有时候突然出现的少年暴力行为，可能和剧情无关，只是制造一种让人停留的氛围。

韩东： "远处传来另一代人的呐喊声"，这句有意思，从师生毕业酒的叙述里出来了。但单独来说，我并不喜欢这句，"远处传来一帮孩子的叫喊"，都比"一代人的呐喊"要好。上一代、下一代，不用刻意地说明这些，意思到了就可以了。

再就是一些修辞，"际遇""蜘蛛吐丝"，比较文学化的东西要慎重使用。文学化的表达不是不行，但需要用出新意。在原有的意思上很文学，诗歌就会落入俗套。写诗需要注意说法和用词，如果和我们平时读到的东西没有区别，就很难调动读者的审美体验。

总结一下，这首《毕业酒》开头不错，最后一段有意义，走出了前面的场景。总体说来，刘天远更会写了，但失去了上次讲课那首诗里的特有的敏感，一些超出了一般经验的东西。你还是要放开了写。以后，我们会讲到诗歌的修改。好诗都是改出来的。

你不用管我这两堂课讲了一些什么，写的时候还是要按你原来的方式写，先写下来再说。写的时候不要想太多，哪一句拿掉，哪一句需要斟酌，哪一段不能用。在修改的时候再去考虑这些事。修改也有方法，最好不要当时改，过一天或者过一阵，觉得陌生了，再拿来改。你修改的时候，再考虑我们讲的那些东西不晚。我不知道你的初稿是什么样的，更长还是更短？

刘天远：第一稿更长，后来第一段缩减，把第二段做工整一点，改的时候主要做了这两件事。

韩东：我比较喜欢有意外的东西。你现在写得比以前更自觉，也更会写，但是太拘谨，潜意识没有出来。写诗需要进入潜意识，所谓的潜意识就是，我不知道怎么写，但我有冲动和感觉，模模糊糊有一个想法，然后就这么写了。回去你再写的时候不要想太多，写初稿的时候尽量随心所欲。再就是你这次的诗比上次的短了很多，你还是按照以前的方式写长一点，然后再修改。

刘天远：我能不能理解为写第一稿，可以像我以前写随笔那样，不管任何的东西，想到哪儿说到哪儿。

徐全：你要把你潜意识里面的东西带出来。

韩东：这不是必须的方法，对症下药，目前你可以这么写，但前提是你不能硬写，你必须要有写的冲动。没有具体对象，你特别想写诗，读了一些诗之后特别想写，并且觉得可以写出一点什么来。在这样有冲动的情况下，放开手脚，甭管有什么天马行空的想法，把脑子里的一些句子写下来，不要纠结于成稿时才需要考虑的完成度。

不要马上去改，马上去改你并看不清楚，会着急上火，判断力会受到干扰。至少隔一天，你读一遍或者读几遍，再修改不晚。

刘天远：知道了。

警惕习惯性的"文艺"

徐全：我这段时间有点忙，没有时间写新的，带来两首旧作。但在写这两首的时候，意识到了以前那种写作方式的一些弊端，我又结合这几节课的内容做了修改。某天我从外面吃完饭回来，我敲门……但我的室友很有意思，他不但不给我开门，突然也在里面敲门，我当时就很想写些什么，然后就写了这首。

【徐全的诗】

回来

他从外面吃完饭回来

伸出手——敲门，"咚咚咚"

他等待一个澄明，予取予求的时刻，

来的路上，他想象明天
将在一根清新的树枝上复萌，
悬浮的状态，让他只想快点回到
和星星说话的日子。在三楼
这个屋子里，他挂起过许多物件，
但他其实什么也没有挂起来。
阳台上的鸟声失去了鸟后
稀疏落下，青色毛巾、
干净的衣物、新买的计时器，
尤其是一些没有重量的表达，
无论如何也挂不起来。
"一生只够挂起一件东西呀。"
在梦中，橘子总抱着雪。
"咚咚咚"，这时里面也传来了
清脆、工整的敲门声，
他一时身置困局，不知所措
和窘迫起来，仿佛做了错事，
连身都转不过来了。
他想起了一些让人惊骇的事物，
枕头在秋夜里时常传出虫鸣声，
在里面的时候，他只有一个推论，

而现在他有两个了。

韩东："他从外面吃完饭回来/伸出手——敲门，'咚咚咚'"，意思不错，但破折号我帮你划掉了。"他从外面吃完饭回来/伸出手敲门"，就可以了，大方。不用破折号，直接敲门就行。"他等待一个澄明"这句里的用词我不喜欢，也许可以换成"他等待一个证明"。"澄明"太文了。"予取予求的时刻"也不舒服，当然和你目前的词语库是有关系的。"来的路上，他想象明天/将在一根清新的树枝上复萌"，这句很特别，不错，虽然"复萌"仍然出自徐全的词语库。"悬浮的状态，让他只想快点回到/和星星说话的日子"，还不错，但写法有点旧，有点矫情。这些都可以看成是用词方面的问题，从用词可以看出你欣赏的东西。或者说，这也是张枣这类诗人比较喜欢的用词。我觉得句式可以保留，但字词需要更换，不要都是同一类相似性很高的词，都有点甜，而且很文学。"澄明""复萌""悬浮"，不要被这些词语迷惑住。"和星星说话的日子"不是用词问题，用词很普通，但需要写得硬朗一些，这么写太幼稚了。可以直接说"星月在上的日子"，虽然也不是很好，但比原句好。句子本身没有问题，是那个调调，太文艺、陈旧。整个这段给人印象深的是这些用词，有一点点美，但又不是那么美，比较尴尬。

"在三楼/这个屋子里，他挂起过许多物件/但他其实什么也没有挂起来"，后半句是一种延伸，意义的空间拓展了。"阳台上的鸟声失去了鸟后/稀疏落下"，我建议你写得直接一些，"鸟声失去了鸟后"虽然不错，但还是过于刻意了，过分精巧。句子可以曲折，但尽可能写得大气一些。像"尤其是一些没有重量的表达/无论如何也挂不起来"这两句就很好，句子有弯曲，有分量，但不落痕迹，也就是平常的句子，平常的语言。语言的确需要弯曲，但不要过分着力在字词，在词的层面要慎重。还是得看字词组合起来的结构，这后面有没有东西。

"'一生只够挂起一件东西呀。'"是引用吗？我不知道是谁的诗句，但用在这里并不好。

徐全：这句话是自己写的，但想多一个声部，就加上了引号。

韩东：想法不错，突然出现一个声音，或者多种声音并置，就像小说写作有人会运用复调写法，多声部有一种众生喧哗的感觉。不过这句引用用在这里，我觉得有点突兀了。"他一时身置困局，不知所措/和窘迫起来，仿佛做了错事/连身都转不过来了"，这里窘迫困局写了三行，反复的话其实没有必要说，除非带来韵律，删减后应该更舒服。

"在里面的时候，他只有一个推论/而现在他有两个了"，意思不错，在里面的时候是有一个，现在是两个。但能不能不用"推论"？他只有一个"想法"，一个"愿望"？我们可以推敲一下，"推论"我觉得用得不好。或者换成"在里面他有一个动作，而现在他有两个"也行。

徐全很有能力，很关注词语，但是否能找到更没有痕迹一些的用词？或者找到更厉害更尖锐的也行。目前你的词语库我觉得还太一般。"澄明""予取予求""复萌"，这一类并不那么好。这句"橘子总抱着雪"我也不喜欢，很美，但美得不新鲜，没什么意思。我不是一味地反对你的用词、做作。比如这句"他想起了一些让人惊骇的事物/枕头在秋夜里时常传出虫鸣声"，我就很喜欢。这个做作我喜欢。"在梦中，橘子总抱着雪"就莫名其妙了。我肯定不反对你用词、弯曲句子，不反对做作，只是要警惕毫无意义的文艺腔，反对习惯性的"文艺"。

徐全：是不是诗人使用词的时候，也涉及一个原创性的问题，比如这首诗，替换您刚刚说的这些词后，它会更准确、更有原创性？

韩东：词本身，无所谓。词语是语言的基本单位，都可以用。但不同的写作者会有不同的倾向。像"澄明""予取予求""橘子总抱着雪"，用这些词语说明了你的某种偏爱，对美或者诗歌的理解，有些太甜、太软、太文艺了，就是太小资。你完全可以用词，每个诗人到最后都会形成自己的用词习惯，都会有自己的词语库。有的人用很硬的词，有的人用血淋淋的词，有的人喜欢"大词"。你的词语库比较甜，比较精致和文艺，需要调整。没有痕迹的用词才是最好的。

感觉写得不错的地方，要淡化

韩东：还有一点，你自己发现没有，你喜欢重复。"一些没有重量的表达/无论如何也挂不起来"，已经够了。后面你又来了一句"一生只够挂起一件东西呀"。感觉写得不错的地方，要淡化它。最怕是作者知道某句不错，就很得意，控制不住地去重复。这就像是一个美女，当她知道自己漂亮的时候，越发精心装扮，呈现给别人看。如此一来这美就不自然了。

很多东西你写到一个份儿上，触及了，就要收回来，不要怕别人不知道。刻意强调显得小家子气。就像海明威的冰山理论，在写诗上也是一样有效，只要你的意思到了，读者能接收到也就可以了。作者似乎是很随意地说了句什么，而在读者那里有所共鸣，就达到目的了。藏比强调要好，有时候更有效果。不需要强调自己的发现，需要的可能是迷惑对方，似乎你很不在意。要举重若轻。

徐全：嗯嗯。我也写小说，我拿给我的朋友看过，他跟我讲，你这篇作品不是人物在说话，而是作者自己在说话，很僵硬，这种操纵感需要规避：人物还在我的掌控之下，他完全被我掌控了。而真正好的作品，人物有他自己的命运。比如说今天，他现在要出门，你做什么都无法让他不出门，他必须得出门，就只有这一个结果。大概，好的诗歌也是这样，每个地方的每个词，最好是最自然地去呈现。

需要"转"出去

徐全：第二首是我内心的感觉，每次路过玄武湖我都特别想划船，但快毕业了，要离开南京了，还是没有去成。我在心里无数次想象过在玄武湖划船，于是，便写了这首《在南京》。

【徐全的诗】

在南京

我没有第二次去玄武湖，那时
我们从桥上走过，人群里有海鸥
天气很好，我们没有去划船

划船不用桨是我的梦想

但我没有划过船。有时在食堂
我用一双筷子在食物里划着
享受万物皆水的时光，澄明的鹅

我没有再触碰纷繁和苍茫其中一个
这不利于划船，我精力充沛
去明城墙上划船是我的梦想

为了划船，为了在明城墙上划船

我准备着，在屋顶划，在树叶之间划

在红绿灯路口划，在海鸥的叫声

里划……

我的姿势洒脱，一点也不拖泥带水

参加诗人们的聚会时，我就在诗人中间划

没有人发现我是一个划船不用桨的人

韩东：这首诗还不错。但我觉得，"我"没有划过船，但想划船，这个动机或者写诗的冲动，写一两句也就够了。你把它写成了一大首诗，里面有很多句子，但并没有超出这个动机，显得繁复了。除非你写出去了想划船的这个范围，把划船这件事写抽象，落在别的地方，那也可以。现在的问题是，最初的动机不足以写这么一首较长的诗。你当然可以写，但它的指向不能一直停留在想划船或者划想象中的船这个范围里。

徐全：我预想的突破就是"划船不用桨"，它已经有某种说不清的感觉，在吃饭的时候，用餐盘、筷子，我觉得在划船；过红绿灯的时候，在树叶到树叶之间、海鸥和人群当中，我感觉我在划船；甚至参加我们这样的聚会，我也觉得在划船。

韩东： 你还是在划船。写出去的意思是离开。比如"我"没有划过船，但有些人划过船，写一种对比。或者从划船写到别的上面，类似划船动作那样的重复性。我建议你去读一下阿米亥的诗，他也很喜欢漂亮的句子，但他"转"得很厉害。他也写过划船，比如《永恒的神秘》那首，"船桨的永恒的神秘在于/它们向后划动而船向前滑行/同样行动和文字把过去向后划/以便身体载着其中的人能够向前进"，这是第一节他就开始"转"，后面转得更厉害更出奇。

徐全： 他写诗有寓言的感觉，很神秘。

韩东： 没错。阿米亥哪怕使用的意象不多，也能快速地从一件事跳跃到另一件事情上。你们所写的东西不同，但手法上可以借鉴。你写划船，也可以关注划的动作，写到类似的事情上，比如从划船写到骑车，从骑车写到思想运动，思想的一些重复，等等。

你的问题就是，觉得有意思的地方就喜欢重复，把它扩大化，生怕别人不知道。你需要学习转换、转折。比如刘天远那首《毕业酒》，结尾的地方就转出去了，师生喝酒，最后走出了那个氛围，远处还有别的人，传来了呐喊。划船，或者不会划船，在想象中不足以支撑一首诗，你可以写，但要写出去。你为什么写了这么多？恰恰是因为你觉得简单的划船很单薄，于是就写了很多，但仍然显得不够。实际上你需要的是"转"出去，如此才能克服单纯写划船的重复。就像我们和人聊天也是一样，同样的话题不可能一直聊下去，会觉得乏味，聊天会走到尽头，这时候就需要转移话题。比如我们聊划船，之后又说起爬山、爬楼什么的。

上次讲课时我说过，写诗是一个过程，是从一个地方到另一个地方，重点是另一个地方，另外的地方。一开始写的时候我们不明确，有很多因素在搅动我们，后来逐渐明确了，我们要去的是这么一个地方。无论我们要去的是什么地方，它都不是我们一开始站立的地方。

当然，很多人也知道这回事，但他们把它当成了一个小诀窍，一种技巧，写到最后一定要折一下。这当然很刻意、机械，暂不去说它。但诗是一个过程，要抵达一个地方，而不是原地踏步，这肯定是没错的。

你沿着一条路径，要去一个地方，然后拐上另一条道。你可以拐上好几条道，七拐八弯。就像阿米亥，几乎每一句诗都给你一个新感觉，每一句都可以往前延伸。但他见好就收，止住了，去了另外的地方，从来不让你感到腻味。有时你会觉得莫名其妙，但整体读完后就感觉到那种关联。"知识分子写作"喜欢在词语上面跳跃，在意象上跳跃，这些地方他们跳得很厉害，但实际上，诗歌在叙述上也是需要跳跃的。

徐全这首诗，词语一直在跳跃，"海鸥""澄明的鹅""明城墙"，划船或者划的动作开始就存在，到了最后你还纠缠在此。划船本身不太能构成一首较长的诗的核心，尤其当它一开始就被触及了。诗本身使用了很多笔墨，但值得写的东西单拎出来就没多少了。当然，不占用篇幅的时候，比如你就写三五句，那也成立。关键是你写了这么多，算是一首中等体量的诗。

内囿造成的晦涩

【李冠男的诗】

回忆

小孩子，每个黄昏回到我身边的

小孩子

与我擦肩而过

字迹重叠
心中复写纸变得透明，薄脆

为什么销毁生命的原件
让新的葡萄酒盛在空玻璃杯
让血暗流，在我体内

看不见浓烟过去了
仍有大火，需要扑灭

李冠男：我有一段时间特别沉浸于回忆童年，我觉得这种回忆带来一种伤害，然后就写了这首诗《回忆》。

韩东：我们来一句一句地看。"小孩子，每个黄昏回到我身边的/小孩子/与我擦肩而过"，没什么问题。"字迹重叠/心中复写纸变得透明，薄脆"，已经从"小孩子"转出来了，句子不粘连，但有意思。"为什么销毁生命的原件"，这个地方我觉得有点问题。在你的心里，第一和第二段之间，有一种关联，但这种关联别人一般窥测不到，通过"复写纸""原件"加强这种关联，但是太隐晦了。"生命的原件"加上"销毁"显得太重了。"让新的葡萄酒盛在空玻璃杯/让血暗流，在我体内"，这里也重，但这里的重不突兀，比较自然。"看不见浓烟过去了/仍有大火，需要扑灭"，结尾非常好。冠男可以说一下写这首诗的具体想法。

李冠男：我想到，耶稣在最后的宴席上说，把这面包当我的肉吃，把这酒当作我的血喝。我觉得他把自己销毁了，和我最近想的童年可以联系起来。

谢晓莹：感觉很像，山坡上不断跑回自己，回到我身边的，全新的或崭新的小孩子们，不断跑来。

李冠男：对，就是一种重复，然后与我擦肩而过，也是我不断矮下去了，才能跟小孩子擦肩而过。

韩东：明白，但你的意思有些晦涩。最后回到"我"和小孩子的关系上，就比较好。现在在"我"和小孩的关系是断开的，你不回到关系上，就比较晦涩。上次的《鱼》也比较晦涩，但还可以捕捉到你要写的，这次的感觉太内囿了。字句方面都没有太大的问题。

可以写得更准确、明确

【谢晓莹的诗】

人人人

把干巴巴的老王从垃圾堆里接回来
像皇帝一样对待他
泡水之后，陈皮也变得饱满
这人青色、卷曲、沙沙作响的一生

当一种气氛过于美好
它就属于强烈的威胁
比如每一个孩子的午后
在院子里豢养春天的玫瑰

在一生中
我梦见我走遍了全世界
醒来还在原有的山坡
今天什么也没有
今天隶属自由

天空浩荡欢欣

雨后更多明亮的、喝醉的草

浩浩荡荡的绿色把雀鸟遮蔽

是一株麦子,这么独立地活着

又弯下它的腰

在闭眼前,淹没了我的意识

韩东:"把干巴巴的老王从垃圾堆里接回来/像皇帝一样对待他",这两句既平常也不平常,很好。"泡水之后,陈皮也变得饱满/这人青色、卷曲、沙沙作响的一生",也没有问题。陈皮是中药吧?

谢晓莹:对。

韩东:你用陈皮来形容"老王",对吧?

谢晓莹:是的。

韩东:这里需要斟酌一下,"老王"到陈皮跨度有点大。"陈皮"可以换掉。需要谨慎对待意象的选取,陈皮是一味中药,可能会有更好的意象替换。这个比喻我觉得稍欠考虑。句子本身都没问题,包括"青色、卷曲、沙沙作响",你这里形容的到底是陈皮还是老王?

谢晓莹:都有,有时候会用一句话同时指向两个对象。

韩东：必要的时候可以变更，为了准确可以不惜代价，哪怕后面这句也得跟着变。用陈皮概括"老王"有点随意了。

"当一种气氛过于美好/它就属于强烈的威胁"，写得不错。"比如每一个孩子的午后/在院子里豢养春天的玫瑰"，也不错。但是突然到"孩子""午后""院子里豢养春天的玫瑰"，和"陈皮"一样，这些地方有些随意，过于跳脱了。"当一种气氛过于美好/它就属于强烈的威胁"，可以顺着这个思路再想想，你把"强烈的威胁"具象化的时候，它可能是一个什么东西？"孩子的午后"和"院子里豢养春天的玫瑰"，似乎和"强烈的威胁"没有特别直接的关系。

谢晓莹：童年通常被认为是非常短暂的、比较天真、完全不知道的懵懂状态，其实童年也是一种危险。就像人处在一个非常幸福的状态，他会由衷地害怕这种幸福是短暂的，明天就会被收回。

韩东：但你写得有点随意了，可以写得更明确、准确一些。"在一生中/我梦见我走遍了全世界/醒来还在原有的山坡"，岔出来写了，挺好。"今天什么也没有/今天隶属自由"，这里是在写孩子还是在写老王？

谢晓莹：前面是老人，中间是小孩，结尾，我其实想截取人在一生当中那个危险又不危险的时间段，也就是少年时代的我躺在这个山坡上。一生当中自由的或是松弛的时间，就在那个节点。

韩东："雨后更多明亮的、喝醉的草/浩浩荡荡的绿色把雀鸟遮蔽/是一株麦子，这么独立地活着/又弯下它的腰/在闭眼前，淹没了我的意识"，这些都不错。不过我还是建议，把你刚才说的想法写得鲜明一些，老人、孩子、中间时段。在这一生中是什么时段以及诗歌的结构意识，需要更分明地传递给读者。否则读到一半，他们会认为孩子只是一个比喻，那就乱了，结构也散了。你心里面想的结构就会传递失效。如果你心里想的结构能有效传递，应该是很有意思的。老人怎么样，孩子怎么样，而此刻"我"既不是老人，也不是孩子，我处在我人生中的一个特别时段，诸如此类。这首诗语言没有问题，并且你保留了以前的那种自由感、你的力量，这是优点。缺点就是不明确，太含糊了。

你喜欢用比喻、用词，当你写得顺的时候，就没有问题。但不要重复。像这段，"天空浩荡欢欣/雨后更多明亮的、喝醉的草/浩浩荡荡的绿色把雀鸟遮蔽"，用了两次"浩荡"。这些小问题在写初稿的时候不必顾忌，但修改的时候最好打磨一下。

谢晓莹：我本来想用雀跃，可是我觉得天空应该是宽广的，很磅礴的感觉。

韩东：可供替换的形容词很多。我不是反对你用词，任何词都可以用，但诗歌并不是填词，只要写出天空是一个浩大磅礴的感觉就可以了。但浩荡或者浩浩荡荡这种形容性的重复要尽量避免。比如"今天什么也没有/今天隶属自由"里也有重复，但这是一种语气上的重复，音乐的重复。如果不是音乐的重复，用词的反复是需要警惕的。它容易暴露你的词汇或用法上的欠缺，不足以描绘那些细致的差异。

考虑到某种准确性，这首诗还是需要修改，首先它是值得改的。整个结构可以保留，老人、孩子、我，这三个时段的分别要更加突出分明。再就是诗的名字《人人人》，我觉得不太好，完全可以改成更直接一些更朴素一些的，比如《老人、孩子、我》或《现在》，等等。当然，如果是为了你设想的结构，通过名字强调一下也是可以的，那应该是《人，人，人》。

两种因素混在一起

【谢晓莹的诗】

沉睡魔咒

整个下午，我看着他们跑来跑去

从蓝色跑到白色

小孩在打秋千

我爷爷身上的血坏掉了

腌出来都是中药味

我爸下班的日子，不再待在车里

矮小的宇宙航舱，外面没有星星

拔不掉的，是沉重的路灯

陪伴散步，从这一头，到那一头

吃26年前就开在这里的馄饨店

违禁品，酒，从橱窗头顶下放到第一排

金台夕照的下午

我们在河边

假装看不见爷爷从传销那里抱回的长生

不老药

父亲钓鱼，爷爷瞌睡

垂钓一个夏天的晚霞，落日照着两种老去

的皮肤

父亲盯着他，突然大声喊叫

爸！爸！爸！

惊起河滩边成群的水鸟

怎么啦？爷爷心头火起

现在我就是打个盹

都不可以了

韩东：谢晓莹的诗很有特点，比较急速、意象化，掺杂了想象力以及某些书面化的因素，混合在一起。这种混合使用其实很好，很有力量。

"整个下午，我看着他们跑来跑去/从蓝色跑到白色"，"蓝色跑到白色"是一个好句子，但还是需要你自己解释一下，里面的关联有点内向。

谢晓莹：从蓝色到白色，我想象中是医院，因为以前去医院，医院的色块是单一大块的，白色的墙，蓝色的瓷砖，空气里有消毒水的味道。

韩东：读诗的人一般看不出来，但没有关系，因为传达一种氛围。接着看，"小孩在打秋千/我爷爷身上的血坏掉了/腌出来都是中药味"，"我爷爷身上的血坏掉了"有点过，我觉得像摇滚乐的歌词，不太像诗。"我爷爷身上的血出了问题"可能更好。"血"这个词很重，"坏"也很重，两个很重的东西放在一起就太重了。我爷爷身上的什么东西坏掉了，或者，我爷爷身上的血出了问题，有一个重的就足够，比两个重的并列要好。而且，"血坏掉"这个说法也有点问题，这些地方需要斟酌。"腌出来都是中药味"，这句我不太喜欢。为什么要用"腌"？

谢晓莹：模拟的场景是一个人喝了很多药，最后整个身体，从皮肤下都渗透出一种中药的苦味。

韩东：我明白你的意思，但"腌"还是不好。"我爸下班的日子，不再待在车里/矮小的宇宙航舱，外面没有星星"，"矮小的宇宙航舱"是什么意思？

刘天远：是车吧。

谢晓莹：是，因为觉得车内的环境，非常像飞船或者飞机操控室，童年总想象变成宇航员遨游太空，什么天马行空的都能得到。但现在发现能拥有的，最接近的东西是车，而车是一个非常现实、非常生活化的代步工具。

韩东："拔不掉的，是沉重的路灯"，这句不错。"吃26年前就开在这里的馄饨店"，怎么讲？是你和"父亲"去吃？

谢晓莹：是说父亲带爷爷去吃，这里的情境是，因为长辈生病，父亲放下工作陪长辈散步，沉默着从这头走到那头，两个人都感觉自己做错事情。

韩东："违禁品，酒，从橱窗头顶下放到第一排"，又怎么讲？

谢晓莹：之前和同学闲聊，聊到家人生病。家里有些老人，很爱抽烟喝酒，年轻的时候喝多了，有高血压、高血脂，还有心肝脾等一系列毛病。每年只有过年，或者一年劳作完休息，他们才把珍藏的酒拿出来，喝一杯，又忍痛放回去。但生病之后，尤其是大病，子女不会拒绝老人抽烟喝酒，睁一只眼闭一只眼，违禁品，酒，反而可以解封，很自然地从厨房顶上，放到最下面来。之前都是放在看不到、难够着的地方。

韩东：懂了，头顶是够不着的地方，放下面就可以拿到了。

刘天远：但从我的感觉出发，那个"橱窗"好像有一点误导性，因为你前面在讲馄饨摊。

谢晓莹：我明白了，我读的时候也觉得这句有问题，但自己就是看不出来。这里有一个空间转换，本来说的是在家里，回到厨房。词语用在这里很突兀，因为"橱窗"这个词太精妙，很难和家联系在一起。

刘天远：可以用房梁之类？我举个例子。

谢晓莹：对，应该是在家里的空间。

徐全：反而，我觉得"下放"这个词有误导性，你的本意是说高处到低处，"下放"这种说法我感觉可以稍微轻松一点，但也不是轻松了就是好的，"下放"在这里不太好理解。

刘天远：但这件事情本身是沉重的。

徐全：沉重的东西不一定要用沉重的词表达，也可以用很轻的，或者顽皮的词。

韩东："金台夕照"又是什么意思？

谢晓莹：这是一个地名，名字很特别，我觉得这个地名很美，像看到很大的平台，有一种太阳光芒强烈照耀的感觉。

韩东：我觉得可以打一个双引号。

谢晓莹：我本来想模糊地名感，知道的人能体验到这是个双重的东西，不知道的，也可以感受到日落。这个地名有意思的地方在于它给我一种黄昏的感觉。

韩东: 不是这样。恰恰因为 "金台夕照" 是一个地名, 你用引号把它标出来, 用一个地名来映照比真的夕阳来照要好, 比真的夕照要好。比如说某某的思想照耀我们, 思想怎么可能照耀呢? 又不是真的太阳。但思想照耀就有诗的意思了。太阳照耀却是一件很平常的事。

刘天远: 我特别喜欢最后一段, 有老电影的感觉。这么说不知道会不会显得奇怪, 结尾有硬汉电影的感觉。

韩东: 谢晓莹这次的诗保留了以前的力量。而且, 她可以将两种因素混在一起, 有的地方很平易, 爷爷啦, 散步啦, 喝酒啦, 很生活化, 但有的地方又不可解, 很造作。造作和平易放在一起有一种张力, 又有某种一以贯之的 "气", 把不同的因素带出来, 显得不那么突兀。比如 "拔不掉的路灯" 这种句子是想不出来的, 写到那个地方自然就有了。绞尽脑汁反而想不出来。诗写到水到渠成的境界, 你自己也会有愉悦感。"落日照着两种老去的皮肤" 也很造作, 但是没有关系。

刘天远: 我还有一个细节上的建议, 最后一段的 "怎么啦", 是不是改成 "怎么" 或者 "怎么了" 在文字上看起来更好一点，"怎么啦"，在口语里听起来可能没问题，但是文字看起来就好像有点温柔。

徐全：我觉得不用换，假如我俩刚认识，用的字句是"怎么了"，熟悉以后，说话的语气也变了，就用"怎么啦"。

刘天远：主要我觉得这里是一种愤怒的心情。

谢晓莹：对，我懂了，其实声音说出来"怎么啦"，可以是暴躁的，但文字上不行，"啦"有点温和，本来是生气的状态，感情基调会跳脱。

直接可感

韩东：好，还有什么问题吗？

李冠男：我还想问问老师，刚刚您说到内圈的问题，是因为我的句子不可解，还是偏向情感上。

韩东：有时候，比如谢晓莹写的"从蓝色跑到白色"，谁也不知道她这里的蓝色和白色是什么。我学哲学，也写了四十年的诗，仍猜不到她说的是医院，蓝色和白色到底是什么只有作者自己知道。但是，这无所谓，因为诗句里有一种质感或者美感，让你放下了不去深究。不去深究也能体会到某种东西。有些人写诗就是不想让你明白，这是没有问题的。

但你诗里的这段，"为什么销毁生命的原件/让新的葡萄酒盛在空玻璃杯/让血暗流，在我体内"，里面是有明确解释的，有一个解释的意图在里面。而且，你写得很重，"销毁生命的原件"啦，"让血暗流"啦，但作为意象又不是那么新鲜。

读不明白的诗，也有要求。就像看画一样，看电影的一个一个镜头那样。我说的是这个意思。我为什么老说《回忆》的第三段，就因为你写得很重，但是写得不够新鲜。说到底还是这一段本身有些问题，就像拼贴画一样，你可以把全诗看成几个镜头，一个镜头一个镜头地看过来，这个镜头的可感性比较差。

语言是有可感、不可感的分别的。意思的不可解，可以借助一种贯通的情绪去理解。而像"为什么销毁生命的原件"，读到这里时就碰见障碍了，你必然会停下来思索一把。在这种情况下，一般我们会求助于前面的段落，但如果写前面的时候并没有考虑到后面，你也得不到清晰的解答。要么，你的诗没有暗藏复杂的"机关"，要么诗句本身自足可感，如果是后一种情况，读者也不会追究某种"逻辑性"。

避免极端化的突变

徐全： 我有一些困惑：我的写作总是会受以前的意识或者知识影响。虽然我在努力地去克服，去规避，但过去的东西还是会对我有影响。

韩东： 不是这个概念。我们写诗，任何一种学习，都有先来后到。需要把以前的学习看成一种营养的摄取。比如你读了不少书，在写诗上花了心思、花了功夫去研究一种写法。如果你出不来，永远那样写，自然是一种局限。但它只是局限，并不是需要克服的污染。怕的只是极端，深陷于一种写法和理解里。或者，对以前的写法和理解深恶痛绝，想彻底抛弃，这也是极端。

我前面说过，把所学落实到写作中是可以的，但不要硬来。现在你下笔是什么样子的，那就让它是什么样子。这件事上需要放松，我们还有很多的机会和时间，对吧？渐渐渐渐的，你意识到或者了解到原有的方式有局限，就会自然发生变化。这种变化跟着理解走，并不是一个极端化的突变。我见过很多突然的转变，比如一个诗人，以前写很繁复的东西，突然观念改变了，写的东西也就瞬间变了过来。突变其实损失是很大的，最关键的损失是你失去了自我。

所以我一再强调，不论是我的学生，还是周边写诗的人，都需要避免极端化的倾向。最重要的是顺着自己的性子写，与此同时，大量阅读，进行思考。你涉猎的各种不同的东西，会逐渐进入自己的潜意识。慢慢的，自然而然的，你的写作也就发生变化了。这样的变化是比较牢靠的。

包括今天，我指出你们的一些问题，只是针对各位的潜意识的。回去以后你们要写新的诗，不要太考虑我们的诗歌课上是怎么说的。你们还是得顺着你们的感觉写，怎么顺溜怎么写，写完之后需要修改。在你们修改的时候，我们上的课，包括一些说法、方法，可以尝试运用一下。比如字词的斟酌，比如不要太文艺范儿。但在写的时候思想不要有太多的负担。

论做作

韩东：徐全以前写的那些东西，有的地方是很好的。比如我认为他有的地方很做作，但是这个"做作"就很好。我不是信口开河，艺术说到底就是做作，诗就是一种做作，没有做作就没有诗歌。区别就在于你的做作可能不够高级，高级的做作是没有痕迹的，别人看不出来而已。低级的做作，就是生怕别人看不出来他在做作，或者在"艺术"。

像徐全的一些句子，我敢肯定，如果没有经过训练，他是写不出来的。比如"尤其是一些没有重量的表达/无论如何也挂不起来""他想起了一些让人惊骇的事物/枕头在秋夜里时常传出虫鸣声"，这些都很好，只有写作、阅读到一定程度，才可能出现这样的句子。

我希望你们保留自己的特点。你们四个人其实各有特点。徐全训练有素，读过不少诗，受过当代诗歌氛围的浸润。谢晓莹具有某种"原始"的力量。李冠男有很敏感的东西，而且写得节制。刘天远是理科生，有一股钻研较真的劲头。下面可以抛开你们的诗，提一些抽象的问题。

切忌倒果为因

李冠男：我想问老师，我自己会读一些诗歌批评的文章，老师觉得什么样的诗歌批评比较好，或者说对我们写诗有帮助？

韩东：要看诗人写的东西，诗人谈他怎么写诗，他对诗歌的理解。比如诗人的访谈什么的。那些虽然不是单纯的文艺理论，但里面有很多经验性的东西。而纯粹的理论，属于另一个范围或者领域。很多人他做学问，但不写作，这样的谈论会把结果理解成原因。他会分析一个句子或者这首诗为什么要这样写，背后蕴藏了一些什么。其实这就是倒果为因。

为什么这样写而不是那样写，其实一个诗人写一句诗的时候并没有考虑那么多。有可能是设计的，更可能出于直觉。我们作为学徒需要了解的，是他们如何就写下了那样的妙句。不是知其然，而是要知其所以然。所谓的所以然，就是一首诗或者一个诗句的发生和发动。比如有人分析鲁迅写"可以看见墙外有两株树，一株是枣树，还有一株也是枣树"，分析了很多。但也许鲁迅就是这么随手一写，并没有考虑那么多。我们写诗，也不必考虑那么多，自然而然，水到渠成，切忌倒果为因。将一个结果倒过来分析，似乎作者处心积虑，非这么写不可，这就过了。你可以玩这种分析性的倒果为因的游戏，但千万不要当真。

什么样的心境，什么样的写作状态，什么样的人，处于什么样的时机，写下了这样的句子，才能写下这样的句子，这，才是我们需要关注的。我们需要深入到写作者的内心，了解他是如何工作的。

所以我一直在说，阅读就是向自己学习。我们向大师学习，就是向大师学习他们是如何向自己学习的。一个不知道向自己学习的人，不从自己那儿挖掘的人，即使你收集了很多知见，很多高深的理论，武装到了牙齿，那也没有用。最终的目的，还是开发你自己。你的秉性、习惯、所好、固执、能力，一开始可能不了解，在学习的过程中你就逐渐了解了。

比如谈小说，我觉得谈得最好的，对写作者最有帮助的，是海明威。他谈小说，完全是干货，是完全可以加以运用的。像他的冰山理论：作者只需要写出冰山露出水面的八分之一，八分之七的在水面以下，但你必须了解这八分之七，这样，读者就能强烈地感受到你没有写出来的部分。也就是说，作为写小说的，你需要深入了解，但掌握之后却只需要写出一点点。这种理论就完全是实用性的。海明威还说，如果你每天工作，写到什么时候收工呢？写到，你觉得还能往下写的地方。这样，第二天接着写的时候就能思如泉涌。而我们做的正相反，还有灵感，还能写下去，那就继续往下写，生怕一走开灵感就丢失了。一直要写到灵感枯竭、写不动了我们才肯罢手。

磨铁最近出了布考斯基的《关于写作》，是一本布考斯基的书信集，可以找来看看。诗人们在书信里谈写作，包括他们的访谈录都非常有意思，会有启发的。如果你们也写小说，斯蒂芬·金的《写作这回事》也可以找来看。斯蒂芬·金虽然是一个畅销书作家，但他谈写作比很多严肃作家都要专业，都要谈得好，而且不装模作样。

关于批评、理论的阅读

韩东: 就纯粹的理论而言，文学批评是一些人的职业，也是一个专业。理论自然有理论的价值，而批评，可以帮助我们的阅读不只是停留在"阅后即焚"或者读了就忘的浏览层面。深入的思考分析给出了普通读者和"专业人士"的界线——读者也有普通和专业的区分。普通的阅读可能只有一个层次，而文学批评从欣赏的角度引领专业阅读，能带着你看出更多的层次，看见更深的意思。通过评论，我们可以更了解作品，作品的意义呈现就会更立体一些，更加丰富，你的联想也会翻番，但根本言之，它是针对读者的。专业读者也是读者。但就指导写作而言，我认为没有意义。

这么说，可能有一点武断。关键还是要看文章本身，它是不是一个足够好的文本。

什么是好的文本？除了它是好的文学批评、好的文学评论，文本本身要有足够的文学营养。对错是非在这一考量里并不重要，重要的是文本本身是否具有文学性的价值，是不是一篇"美文"，有无可能作为欣赏的对象。

比如说，一个批评家写了关于我的诗歌评论，对我进行了无情的批评，他怎么骂都没有关系，关键是他骂得要有意思。如果从文本的角度说，你写了一篇美文，或者檄文，有人爱读，那就成立了，读了就对他有所帮助，至少愉悦。哪怕你颠倒黑白，把好的说成差的，把差的说成好的，都可以，只要你能够妙笔生花就行。

读批评文章，或者读文艺理论，是有要求的，要有所选择。这要求就是得有一个审美的层面在里面。就像我小时候下放的地方，会看见村妇骂街，大家都爱围观，爱听她骂，为什么呢？因为她骂得花样百出，可以说是口吐莲花。评论家捧人或者骂人，我们先不用去管，但需要有一个文学的或者审美的层面在里面。这是基本要求。

文学批评或者评论可以去读，但不要抱着可以指导你写作的奢望。只要觉得文章写得有意思，读起来过瘾，那它的价值就存在。如果想从中获悉如何写作，那还不如去看诗人、作家写的东西，去读作品本身。在这些地方我说得比较"功利"，这个"功利"是什么？就是你所做的一切都是为了写出好作品，当一个了不起的诗人。你们并不是单纯的读者，哪怕是专业读者。你们是写手，是运动员。时间有限。

和你最根本的写作欲望挂靠

徐全：韩老师，我也有刘天远这种感受，我之前每天都被写作的灵感折磨，比如看到一段文字，或者看到一个人、一个场景，都很想写。上完课之后，这种写作欲望在减少。我看您的书的时候发现您提到"间接经验和直接经验"，我在看您的作品的时候也发现，您写的基本上都是直接的经验，会更强调一些原创性的、直接的东西。我的问题是，关于"写什么"的问题，您有没有什么建议。

韩东：这个问题提得好。学习写诗，首先我们最想知道的是"如何写"，什么是诗，怎么写，写成什么样子才算是诗。上世纪九十年代持续至今的"知识分子写作"和"民间写作"之争，说到底还是关于"如何写"的争论。讨论用口语写作还是用书面语写作，其实就是讨论写比较容易理解的诗歌，还是写晦涩难解的诗歌。你所提问的，是直接经验入诗还是间接经验入诗，我觉得与此有关。

首先是"如何写"的问题，"写什么"的问题其实是更深一层的问题，它包括了"如何写"的问题。单纯的"写什么"把问题庸俗化了。比如有人说你的诗里需要人文关怀，你的主题不够宏大，诸如此类，都是属于庸俗化了"写什么"的范围。关于"写什么"的真实思考，一定包括了"怎么写"。比如有的诗人，就是对二手的经验有感觉，你让他以自己的私生活、日常经验为材料写作，把那些非常个人的东西写进诗里，他会觉得不好意思。即使写了也觉得别扭。这没有关系，这是个人嗜好。你只要选择了一个写作对象，相应的写法也会出现。但无论你如何选择，我觉得都需要和你这个人挂钩，和你最根本的写作欲望挂钩，诚实地写你想写的东西。

比如博尔赫斯，生活在图书馆里，又是盲人，阅读就是他的生活，他的现实，和他的真实存在相关。你如何要求他去写所谓的"现实题材"、写底层老百姓？这是没有道理的。高尔基的三部曲非常伟大，《童年》《在人间》《我的大学》，则完全源自他的现实生活，纯粹个人经验的所见即所得的东西。所以说，"写什么"是因人而异的，和个人的趣味、所欲有关，更深入的，和他的处境、存在有关。

我觉得，暂时你可以不那么纠结，回到你最根本的写作欲望也就可以了。可供关注、打量的还是"如何写"的问题。不管你写的是不是二手的，或者是不是生活中的直接经验，不管来源如何，你都要把它写成一首杰出的好诗，要始终记住这个目的。

当然，具体你写什么，写直接经验还是写书本经验，对作品最后的形状是有影响的。我认为都可以尝试。因为我们是初学者，可能缺乏对自我的了解，对自己的兴奋点、关注点、热情所在、才能所在可能都不是很清楚。需要给自己一个形成自知之明的时间，同时也需要有大量的写作练习。

比如我也写小说，就知道很多年轻人写小说会感叹自己没有生活。他们所有的经验都局限于学校、校园，写起来无非就是中学、大学的一些事，学生之间的一些事，学生和老师之间的关系什么的，恋爱的苦闷啦，考试竞争啦，再加上写一点点原生家庭。而他们阅读大师的作品，那么地丰富和庞杂，这些作品想象力大刀阔斧，直接经验也那么地深入、无所不在。这时候他就会怀疑自己。但是，不需要着急，经验的获取以及经验进入作品是一件自然而然的事。

其实你写校园，写年轻人的生活，也是有层次可分的。你挖掘得够不够深入，从哪一个角度切入，选取的素材以及视角都大有讲究。根本不是说写学校或者写青春故事就写不出好作品。比如在我看来，塞林格的《麦田里的守望者》、村上春树的《挪威的森林》以及朱文的《弟弟的演奏》，就是最佳的青春小说。不同的人生阶段都有不同的人生经验可供利用，不是吗？作为一个社会人，我们的人生刚刚开始，不是吗？不用太着急。当然，有一些作家，很年轻的时候就写出了无所不包的"大作品"，比如肖洛霍夫写《静静的顿河》，第一卷出版的时候，他才二十三岁，简直不可思议。有人说他剽窃，索尔仁尼琴盯着他不放。那样宏大的历史画卷，对顿河两岸的了解，对哥萨克的了解，似乎不应该出自一个少年人之手，也非他的直接经验所能成就。但也许，肖洛霍夫真的是通过阅读，通过想象力构造了那样一个世界。

这些都无妨。最重要的还是要了解自己真实的热情和冲动，要了解自己到底对什么感兴趣，到底喜欢怎样。这和你们的阅读趣味也有关系。如果你真的对"文学"感兴趣，可能就会喜欢一些有定论的大作家，或者喜欢那些写得比较华丽、书面化的作家。如果你对自己的存在、揭示周边的现实更有兴趣，可能喜欢的就是另一类作家。在具体阅读和写作中，各种不同都可以尝试。

第三讲：坐标

要打破门户之见，不要从观点上、观念上或者外貌形态上去判别诗人或者诗歌。每一种写作方式里都有特别优异的，也都有特别差劲的。

"朦胧诗" 群体

韩东： 今天主要和大家聊一下坐标感，也就是你作为一个诗人，位置在哪里。这牵扯到对当今诗坛的了解，我们大概做一个梳理，让大家对自己所在的位置有一个概念。有一个概念会比较好。我不太清楚你们的情况，徐全可能这方面了解得比较多。你先谈一下，就你的阅读而言，对中国当代诗歌有何了解。

徐全： 因为我是理科生，就专业上的知识而言，了解得可能比较少。我最近在读张枣，现在出版社出了他在德国留学时的博士论文《现代性的追寻：论1919年以来的中国新诗》，这本书就是讲自胡适以来的中国新诗。当然，张枣有个观点，他说中国新诗的起点是鲁迅的《野草》，这个有争议。从胡适那一批诗人到后来的冯至一直到现在，我可能更多还是在考虑现代性的问题。

韩东： 实际上你还是缺少坐标感和方向感。按照正统说法，新诗从胡适开始，然后进入到今天的当代诗歌写作，这个脉络是一般性的描述。从胡适开始还是从鲁迅开始，纠结这个并没有意义。如果你是专业写手，需要的就不是这种主流性的诗歌史。李冠男，你大概了解一些什么？

李冠男： 我是学文学的，这个历史知识我有，但是我个人很疑惑，包括谈诗歌的现代性，我觉得有一种把外来的概念往我们中国的这个现实上套的感觉，我不太清楚真实的发展是什么样的。

韩东： OK，我知道了。谢晓莹说一下。

谢晓莹： 从胡适提出自由的、白话的诗，新月派提出"格律诗"与其对峙，再到朦胧诗、后来的第三代诗人，关于诗歌的讨论一直存在。我现在看到的诗歌大致分为两种，一种比较多地吸收了西方现代性的东西，在诗歌的语言、格式上钻研，把语言当成本体去做一些阐释，在结构上翻新，发掘诗歌创新的可能性，探索更多边界。但我也会感到疑惑，某种技巧在某一个年代，它是新的，但过了很多年之后，这种技巧被很多人模仿,它也许就不再新颖了,那此类诗歌的意义会不会大大消减?

另外一部分,以地域和情感为中心,呈现更多"内容"。我之前在读《我的诗篇》(工人诗典),是我们国家的一些工人的诗歌,它写工人自己的生活,像陈年喜和许立志,他们写的诗和炼钢、工厂打工等相关。还有一些诗人,不管写故乡、写生活还是写女性,都更偏向从个人生活中撷取资源。

韩东: 刘天远说一下。

刘天远: 在这个事情上我没什么看法,更多是一些疑惑。我会感觉北岛那一代诗人,我好像更容易看懂些,也能隐约体会到他们想表达的东西,但到了当代诗人,很多时候我就不知道如何去理解和欣赏了。

韩东: 好的,所以这一课我们现在需要补上。如果你是"专业"写手、"专业"诗人,坐标感非常重要。

首先,我们写的是新诗,不是格律诗,不是古体诗。而新诗就是用现代汉语写的诗,这大家都能理解。新诗到现在我们就算一百年,从白话文以降一直有人在写,一直到四十年代末。这中间有不少具有文学史意义的诗人,如刘半农、闻一多、徐志摩、戴望舒、卞之琳、李金发,包括冯至、穆旦,甚至艾青,当然也包括胡适、鲁迅。总体说来这是一个尝试阶段，抛弃了古典格律的写法，诞生了"自由体"。但由于语言不成熟，现代汉语作为一种新的语言不成熟，因此这些人的贡献具有某种开拓性，但就诗本身而言，这一段传统是靠不住的。

我给你们一个时间概念，就是1949年。在这之后，活跃着一大批诗人，包括艾青、贺敬之、李瑛、郭小川、闻捷，但新诗开始后的"现代主义"探索却受到了抑制。当时只有一种政治正确但写法上保守、偏于民歌韵律的诗歌。一直到七十年代末八十年代初，我认为这是一个重要的时间节点。

七十年代末八十年代初，是当代诗歌的真正源头，也就是从北岛这代人开始的。这个时间节点以前可以叫作开创阶段或者尝试阶段。一个写诗的人可以真正或者直接从中汲取营养，是从这里开始的。追根溯源，就其专业而论，到这里就可以了。这批诗人自己办刊物，有独立的写作和发表方式，不禁引起了轩然大波。他们的诗被批评界称为"朦胧诗"。

他们的诗大家看不懂，觉得很新奇，因为在此之前都是意义明确的"革命诗歌"或者"战斗诗歌"，特别是"文革"以后，连艾青这样的诗人也靠边站了。北岛这批人首先引发热议和讨论的，其实是写作方法问题。他们的写法不那么直白，有大量的意象以及感觉错位。比如北岛写"绿色的风"，大家就很不解，风怎么可能是绿色的呢？于是就有人想起了一个概念，叫"通感"，解释说视觉和听觉这些感觉是可以连通的。所以说那时候比较土，现在的人难以想象，各种修辞方式都不知道。正因为看不懂，所以就把北岛他们写的诗称作"朦胧诗"。"朦胧诗"并不是北岛一帮诗人的自我命名，他们从来没使用过这个概念。现在我们知道了，那批诗人属于"今天派"诗人。

他们当年办了一本刊物，叫《今天》，北岛是主编，"现代诗歌"在当代的源头都可以追溯到这本杂志。这本杂志当时是油印的，后来又改为铅印，条件好了一点。后来，北岛去了海外，《今天》也到了海外，先在纽约后来在中国香港出版。从七十年代末一直坚持到今天，这本杂志仍然存在。当然，作为一本民办刊物、同人杂志，面貌和以前已经大不相同了。唯一没变的，主编还是北岛。我是现在《今天》杂志的小说编辑，也曾经帮着组过诗歌的稿子。

说实话，《今天》的冲击力现在已经大大减弱了。究其原因，一是文学热退潮；二是国内的环境逐渐开放，很多界限已经打破，在《今天》上发表和在国内正式刊物上发表已经区别不大。但这本杂志坚持了这么多年，负有开拓性的使命直到今天，它的意义在这里。我们重点要说的是早年的《今天》，油印和铅印的时代，重点要说的是所谓的"朦胧诗"。当年的《今天》的确聚集了一批天才性的诗人，这批人在当代诗歌史上意义太重大了。北岛、顾城、舒婷、多多、芒克、江河、杨炼、严力……顾城就是《今天》的成员，他为大众熟知的是"黑夜给了我黑色的眼睛……"。江河现在已经销声匿迹，当年红透半边天，是写史诗的。当年杨炼也写史诗。但我认为贡献最大的或者最重要的还是北岛、多多、顾城。《今天》里也有写小说的，比如史铁生和万之。史铁生就是《今天》出身，万之现在在瑞典，已经不写小说了。

我们不说故事。我要说的是《今天》这群人特别重要。被评论界称作"朦胧诗"的，实际上就是以这批人的写作为主的诗歌，是由《今天》诗人群生发出来的。他们的诗歌特点就是比较"朦胧"。而实际上，从写法和旨趣而论，《今天》诗人群里分为两类诗人。一类写比较短小的诗，注重运用意象，像北岛、顾城、芒克、多多就属于这一类。另一类写史诗，国家、民族，古往今来，体量相对较大，看似开阔但不免空洞。这一脉络源自江河，杨炼等后来者居上。但现在杨炼也不写史诗了，听说改写情色诗了，"体积"依然很大块。

与他们对峙的是当时的主流写作。当时的主流写作还摆脱不了时代影响，和"诗歌艺术"隔得比较远。北岛这批人的诗歌革命，在我看来重要的并非是"反抗意识"，而是把诗歌提升到了一个艺术的高度。不管是自觉还是不自觉的，我们今天只能这么看待这个问题。对我们而言，他们诗歌的意义在这里。

当年风气过得非常快，几年就是一代人。北岛那一代和我们这些所谓的"第三代诗人"，相差不过五六年、六七年，我是说出现的时间。而"第三代"到今天多少年了？我们中间有些人已经去世了，有的不写了，也有下海做生意发财的，也有继续写的，或者什么都不干，也有虽然一直在写但再无进展的，都有。到今天，"第三代"写作差不多四十年了，我写了四十多年。四十年的时间，就像王小波说的："中国要有自由派，就从我辈开始……"我套用他的话说：成熟的现代汉语诗歌自我辈开始。王小波属于北岛一代，但他和北岛这些人没有什么关联。王小波学的是理科，自己写自己的。总之吧，"第三代诗人"四十年以来的写作，加上北岛那一代，大概距今四十五六年，构成了现代汉语诗歌的一个小小的传统。

我们有辉煌的古典诗歌的传统，但就像我强调的，作为现代汉语诗歌的传统，在北岛以前可归结为开创、尝试阶段。因为现代汉语本身还不成熟，至少，这是一个很大的原因。我认为，北岛一直到"第三代"，再到后来的"70后"写作，再到网络写作，这五十年才算是构造了当代汉语诗歌的"有效"传统。这个传统历时不长，但可说是蔚为大观，里面的名堂很多，各种写法、各种流派、各种想法和观念都有。传统虽短小，但是很重要。

古典传统

韩东：我们今天的主题是坐标感，所以我才会重点强调刚才说的这个小传统。古典诗歌传统当然好，但不可能成为我们写作的直接的营养源。因为我们是用现代汉语在写诗，写的也是"自由体"，而非格律诗，无论是旨趣还是方法和古人都完全不一样。我说过一句比较极端的话，我们是用现代汉语在写一种"西式"诗歌。翻译对现代汉语诗歌写作的影响怎么高估都不为过。

所以我们需要读大量的翻译诗歌，除了诗歌，其他的翻译作品也需要大量读。但恰恰是诗歌，翻译成中文"成功率"是非常低的，那也得硬着头皮读，读不出好来就继续读，直到读出或者猜测到语言背后的美妙。除非你能读得懂原文，但诗歌真的还不是一个懂不懂的问题，就算你能读懂原文也不一定就能把握诗歌。再就是我们必须读这几十年下来的汉语诗歌，读这个小传统的诗歌。

至于唐诗宋词的那个大传统，我们博大精深的国粹传统，我就不多说了。不多说的意思是，它和现代诗歌，和你写的这种现代汉语的诗歌的关系是在血液里的，并不是一个直接起效可供操作的关系。比如你使用的每一个汉字，里面都有传统文化的基因，你作为一个中国人（土生土长在中国的人），精神世界里也饱含了传统的基因。这些因素进入诗歌和写作是一件很自然的事。但从诗歌的方法论或者目的诉求上说，你写的诗和古人写的诗是完全不一样的。

"第三代诗人"

韩东： 我们这一代，也就是所谓的"第三代"，直接继承了《今天》这个传统。诗歌的生存方式也一样，办民刊、建文学社、搞诗歌流派。我们年轻的时候，诗歌氛围和今天完全不一样。那时候大家都很穷，如果一个人来你家，只要自称是"写诗的"，你就得管吃管住，还得招待好。当时没有其他的娱乐，精神生活的选择也有限，文学特别是诗歌绝对是至高无上的。那绝对是一个诗歌或者说是诗人的时代。北岛他们那会儿更不用说了，比如《今天》诗人去外地搞朗诵，就跟现在的大明星一样，房子都要被挤塌掉。场面难以想象。总之当时的年轻人除了玩文学，没有其他好玩的，什么电脑、网络、游戏，一概没有，微信和抖音也没有。所以文学写作这一块集中了大量的热情、能量和注意力。

到了"第三代"，各种不同的写法和观念开始涌现，年轻诗人的行为方式也像疯了一样。"第三代"非常复杂、丰富，流派众多，天才众多。如果实在要梳理，其中最重要的分野就是，所谓的"知识分子写作"和"民间写作"，二者争论、互不买账，其对峙从九十年代开始逐渐明朗化，一直持续到今天。

所谓的"知识分子写作"，就是说他们的灵感源于书本，读了不少书以此为凭据开始写作。写法上比较繁复，喜欢运用意象。所谓的"民间写作"，后来有人称之为"口语化写作"——这些应该都不是诗人自己命名的，或者没有得到诗人们广泛的认同。总之"民间写作"比较口语，比较单纯，很多都写身边的日常。这两种写作之间的龃龉和冲突一直持续到今天。我本人就被当成"民间写作"或者"口语化写作"的一个代表。其他代表有于坚、杨黎、何小竹、伊沙以及之后的沈浩波等。

直到今天，这两个所谓的派别依然壁垒分明。仍然有很多观念为先、画地为牢的诗人，"两派"都有。我当然认为这是一种限制性的划分，从某种角度上说是有害无益的。真正理解分歧根源的人就知道，说到底，这是某种权力之争，参与争论的人不自觉地站在自己脚后跟上说话。如果你深入到具体诗人的写作，比如于坚的写作，你就会发现他越来越复杂了，并不是所谓的"口语"能概括的。同样，"知识分子"写作的主将，比如西川，这些年做了不少尝试，反而越发"口语化"了。大家都在向对方靠拢。并且在交往的层面，比如我和西川、翟永明、柏桦都是很好的朋友。如果划分阵营的话，我们并不是一个阵营的。我们都会觉得对方写得好，只是自己不那么写而已。

说到壁垒森严，在"敌我"问题上特别敏感的人，具有警察般嗅觉的人，我恰恰认为他们的判断和鉴别来自于观念，或者教条。我希望你们不要这样。要打破这种门户之见，不要从观点上、观念上或者外貌形态上去判别诗人或者诗歌。每一种写作方式里都有特别优异的，也都有特别差劲的。

"口语化写作"

韩东：重点再说一下"口语化写作"。我从来就没有提倡过这个概念。当年我们学习北岛办民刊，因此"民间写作"我是认的，但也不是后来的那个意思。

当年有各种民刊和诗歌流派，比如我们这拨人的"他们"，四川的"非非""整体主义""莽汉"，等等。如果从地域上说，四川绝对是闹腾得最厉害的，民刊最多提出的观念也最多。但从一直持续到今天的重要性上说，其中两家最为重要，一个就是南京的《他们》（"他们"），另一个就是四川的《非非》

（"非非"）。

《非非》的情况比较复杂。其实杨黎并不是《非非》的主编，《非非》的主编是周伦佑，后来《非非》分裂了。我觉得比较有价值的部分是"杨非非"。杨黎提出了"废话主义"等理论，一直到今天，其徒子徒孙不绝。他那一路写法比较注重观念，真的写起来却比较简单，很容易上手。

杨黎最大的贡献，按我的话说，就是"使诗歌生产力获得了空前的解放"。他相当极端，按他的说法，给他一份报纸，随便取一段，哪怕是一篇社论，分行以后就是诗歌。实际上这是一种观念艺术，有观念艺术的因素在里面。杨黎反对诗歌里一切有意义、有作用的东西。所以我认为，杨黎是一位观念艺术家。他后来的写作，如果单独拿出来，没有任何观念给予阐释的话是不成立的。但他早期的作品非常厉害，不需要任何阐释就是好作品。所以他才会是公认的"非非主义"的第一诗人。

观念艺术就是这样，其特点就是作品必须有观念进行配合。比如杜尚的作品《泉》，就是一个普通的小便器，观众震惊了。这就是一个观念，你需要解释它，解释这样的行为。所以说，现代观念艺术发展到后来必然通往行为艺术。无论是观念艺术还是行为艺术或装置艺术，都必须有大量的超凡脱俗的阐释。阐释跟上了，作品才能成立；如果跟不上，作品就无法成立。传统艺术里也有阐释，也有行为，但那是辅助性质的，可以存而不论的。现代艺术里观念或者阐释的比重越来越大了。

诗歌也是这样，杨黎有庞大的理论系统。他的理论系统叫作"废话"，他的作品是符合他的理论的，二者必须配合。前面说过，他使诗歌生产力获得了空前的解放，就是说，他把我们所认为的诗歌艺术所必备的一切、文化、传统、意义、诗情画意，全部剔除了。不仅剔除，而且告诉你，这些东西不是诗的。而没有了这些东西恰好就是诗。杨黎告诉你的那种诗，不仅人人都可以写，而且他还告诉你，只有这样写才是最牛逼的诗，甚至是唯一的诗。诗歌的难度哗地就降了下来，写诗人的自信噌地就上去了。

于是乎，很多人就开始写诗。不仅写，马上就贴到网络上，瞬间就会得到反应。杨黎的观念和行为是一体的，告诉你这么做才是唯一正确和先锋的。这算是一个鼓励吧。你就这么写这么玩，比其他人费了老鼻子劲写得还要好，好多了，你写得最好最牛逼。大家都获得了某种前无古人的自我感觉，因此"诗歌生产力"才获得了巨大的"解放"。

杨黎的拥趸、粉丝或者说信众非常多。大家会把我也算作他们那一派，但我和他们始终有很大的区别。我不相信观念先导，不从这个角度入门和看待写作。我相信的是诗歌艺术是多元的，无论是哪一种方式，都会有写得好的和写得差的。

再后来是伊沙。伊沙在网上很活跃，搞得风生水起，他弄了一个"新诗典"，提出了自己的观点和理论。但总体说来还是承接"第三代"口语化写作这个脉络的，"口语写作"就是伊沙明确地提出的。他还提出了"事实的诗意"。伊沙和杨黎有很大的区别。伊沙还是注重内容的，一首诗里往往有一个小情节，看上去像一个段子或者小故事。再后来是沈浩波，2000年前后他就搞了一个流派叫"下半身"。但沈浩波的诗歌实践既和身体能量有关，也和"口语化"有关。近年来沈浩波的诗兼顾了社会批判。我认为"下半身"是"第三代"之后，当代汉语诗歌写作最重要的流派。沈浩波向"社会批判"这一维度的微妙转向，也说明了这一路的写作更加丰富和进取了。

重要或优异的诗人

韩东：我觉得诗人有两类。一类是重要的诗人。什么是重要的诗人？就是在某个环节上勾连文学史或者诗歌史的诗人。比如说北岛，就是一个非常重要的诗人，在一个整体的季候条件下，先知一般地，将某种美学前景带入到当代汉语诗歌，给后来者以极大的启迪。北岛既是承上启下的、环节性的，又是源头性的诗人，他的重要性就表现在是诗歌史上不可或缺的一环。

还有一类诗人，就是写得好，写得优异，作品光芒万丈、顶天立地。有的优异的诗人不一定重要，也有既重要又优异的诗人，兼而有之。重要的诗人一定具有某种影响力，能带动思潮或者热潮，比如说杨黎，他肯定是一个重要的诗人。我不是说杨黎写得不够优异，至少，他早期的作品是非常了得的。他也是重要和优异兼而有之的诗人，但分成了两段。

如果梳理"第三代"，我认为有不少特别优异的诗人，于坚、西川、陆忆敏、吕德安、于小韦、小安、何小竹、柏桦以及稍后的杨键、宇向、尹丽川，都写得太好了，我顶礼膜拜。其中，于坚、西川既写得好也非常重要。海子也属于"第三代"，他是早夭的天才，但我认为写得不够成熟（在他自己的范围内），他暴得大名是因为事件，因为媒体的鼓噪。这是我个人的看法。张枣也是"第三代"，但张枣不是一个重要的诗人，只能算是一个优异的诗人，但也没有优异到顶天的份儿上。张枣和柏桦半师半友，直接受到柏桦的影响。柏桦早年的诗非常重要，他可谓中国当代抒情诗的第一人。考虑到当时所有的"先锋诗人"都在躲避抒情，或者用夸大其词的方式抒情，柏桦逆向而动，用纯正的嗓音自丹田处唱出，真的很难得。翟永明也是一位重要的诗人，可谓"女性主义"诗歌第一人，划时代的。

"第三代"还有很多重要或者优异的诗人，我就不多说了。

如果要说重要的诗人，我认为伊沙和沈浩波都是很重要的。重要的诗人不一定写得好，或者不一定每首诗都写得那么好。他可能不太稳定，但是非常重要。他们的立场、方向、作用非常重要，但诗歌一路写来并不一定特别稳定。

两首诗的合并

刘天远： 老师，我这儿有个例子，这是一段日记，我把它分行了。我想知道这个东西能不能算作诗。

【刘天远的诗】

日记

我必须承认
自己并不拥有诗的语言
也许是散文的
也许是小说的
也许是朋友圈的
但不是祭司的语言

它平铺，漫延
像黑色沙滩上透明的水
不至于窒息
里面有细小的气泡

此刻

我在镜墙里审视我的词句

像审判一个阶级敌人

阶级敌人并不知道他做了什么以至于被

打成阶级敌人

我也不知道

而镜墙审判我们

让我们从拙劣的审判游戏中露出马脚

韩东：你写日记就这么写吗？

刘天远：是的。

韩东：你真的是这么干的？我觉得如果就一首诗而言，这首诗不算成功。这里面有一些东西算是诗的，比如这一段的节奏，"此刻/我在镜墙里审视我的词句/像审判一个阶级敌人/阶级敌人并不知道他做了什么以至于被打成阶级敌人/我也不知道"。这种变化是诗需要的。自由体带来了句子长短的变化，句子长短的变化带来声音和节奏的变化，仅就语句变化而言是挺好的。前面这一段，比如"也许是散文的/也许是小说的/也许是朋友圈的/但不是祭司的语言"，就太简单了，太单调了。下一段，你有了变化，"它平铺，漫延

/像黑色沙滩上透明的水/不至于窒息/里面有细小的气泡"。总体说来，你这篇日记像诗的地方，或者可以称之为诗的地方，就是语言、声音的变化，长短句的变化，段落之间排列的变化。就内容来说，第一节比较幼稚，从第二节开始，不仅句子变长了，也有了某种哲思意味。总而言之，这种语言、行文或者排列的变化可以算是诗的。

不好的地方在于你的用词，并不是特别好，很文学化，也不新鲜，像"祭司的语言""黑色沙滩上透明的水""审判游戏"。有点像朦胧诗，有点不知所云，并构不成坚实的意象。用得太随意了。

刘天远：老师，其实这两个意象都不是我的，一个是昆德拉讲的，一个是戈达尔电影里面的。昆德拉在《生活在别处》里面讲诗人生活在镜墙里，就是一个镜子做成的房间，就好像他始终在自我观验。

韩东：是啊，已经不可解了，你还动用解释。

刘天远：这样需要解释的意象尽量不要用是吗？

韩东：不是这个意思。你写日记自己能懂就OK，但作为一首诗拿出来，读者感觉到你在说一些什么，但没有说清楚。诗歌不一定非得说清楚不可，但说不清楚的部分也要有魅力，诱惑别人去琢磨。不是说弄不懂我们才要探究的，而是你首先得有魅力、吸引力。

这首就这样，看你第二首诗。

刘天远： 这首诗其实和我的日记很像，最近看了好几本昆德拉的书，一直在琢磨他提出的一些问题，它叫《第二滴眼泪》，也是取自昆德拉的意象。

【刘天远的诗】

第二滴眼泪

有时候我想

诗是我们和生命的隔断

这些坚实的质地、鲜活的触感

被锁在诗的另一端

这是诗的罪过，还是我们的？

生命是一条流淌的河

我们却渴望在篝火边将它捕捉

你兴致勃勃地对我描述它透明的色泽

蜿蜒的几何，我无动于衷

你气急败坏地说，逝者如斯夫

这萨满的咒语击中了我

你以为你成功了，我也这么觉得
可真正击中我的是你的失败
是你渴望诉诸语言而不得
恍惚间，诗从一个崭新的根基建立起来
这便是承认语言无法抵达彼端
和背后全人类的徒劳感

韩东：嗯，你的灵感是来自书本的。来自书本我觉得太间接了。你可以直接写点身边有感觉的东西。

这首诗，我觉得第一段还不错，"有时候我想/诗是我们和生命的隔断/这些坚实的质地、鲜活的触感/被锁在诗的另一端"；但整首诗还是太纠缠了。能不能转出去，不要总是纠缠在一个地方？

刘天远：不要纠缠？

韩东：是啊，你一直在谈罪过，第二段、第三段还在谈，虽然不是叙事的东西，但都是同一种逻辑。你太纠缠了。第一节不错，能不能转出去，岔开来？不必再谈同样的东西，说点别的。这首诗没有写出去。此外，这首诗书面语的痕迹还是太重，像"透明的色泽""蜿蜓的几何""萨满的咒语"。这首诗写得太内向了，只有你自己才能明白。

刘天远：嗯，我懂这个意思了，我自己写完也感觉好像没有把它说清。

韩东：你自己明白，可读诗的人最多能明白你是一个喜欢思考的人。总是在纠结什么问题。其实说得太累赘，虽说你用词也不是很多，但是太纠缠。第一节还清楚，第二节以后就有点意识流了，你的意识流到哪儿你就写到哪儿。而且名字叫《第二滴眼泪》，更不知所云。我们再看你的第三首诗。

【 刘天远的诗 】

干瘪

不论试图写什么，我都是干瘪的

趴在窗台上

坐在夜车里

哪怕，走在下着蒙蒙雨的巷子里

我真切地触摸到这种干瘪

像贫瘠的田地

核桃缝里若有若无的烟熏味儿

或者花生壳破碎那一刻弥散在阳光下的

烟尘

我昂着头，挺着身子

却渐渐变成一片深棕色的枯叶

皱缩在温暖的阳光

和煦的微风

和初春的草芽间

干瘪不是否认

否认是坚硬，着满污泥却坚不可摧

是寒冬谈不上阴晴的灰色

是静止

不是等待

干瘪则从来在阳光下

是面对灿烂和斑驳

内心生长出的一种渴望

渴望在湿润的温暖的泥土里

融化，消解

让生命在这种拥抱中流逝

就像我爱你

韩东：开始两段非常好，读起来有感觉，而且也很怪。"不论试图写什么，我都是干瘪的/趴在窗台上/坐在夜车里/哪怕，走在下着蒙蒙雨的巷子里"，三个场景都是用很简单的语言写的，但很敏感，我第一次读到你的诗的时候，就读到过这种敏感。"我真切地触摸到这种干瘪"，很好。这首诗一开篇就和你今天的第一首不一样，那首太大而化之了，你说是一篇日记的分行，实际上你自己也不知道在写什么。

这首从第二节开始你又纠缠了，"像贫瘠的田地/核桃缝里若有若无的烟熏味儿/或者花生壳破碎那一刻弥散在阳光下的烟尘"，但诗句本身很不错，又有前面的那一节垫底。你仍然在谈"干瘪"的状态，词语的密度比上面要大，叙述方式也不一样。这里有语言方式的变化，非常好。但我还是觉得"像贫瘠的田地"这句里用"贫瘠"太一般了。后面两句非常不错，没有人这么写过，至少我没有读到过。干瘪的花生破裂的那一刻，阳光下腾起的尘埃，写得非常有感觉。

第三、第四、第五节，你还是那个毛病，纠缠。这个"干瘪"谈一下就可以了，你不能总是在谈它。你一直在说这件事。明白我的意思吗？你可以不谈这件事了。今天你这三首是有一个共同的问题，就是太纠缠啦，说一个事儿就挪不开了。你可以说开去，说点别的。

这首诗比上两首诗好很多，最大的毛病就是你缠着这个"干瘪"不放。你总是想着要把一件事或者一个东西说圆说透。这是毛病。

谢晓莹： 或许你可以岔开，你前一段这样写，后面你写点别的。比如写想起一个人，但是细节一句话都不提，给人一种她的一生很单薄，就像剥落的花生全是灰尘的那种感觉。

韩东： 什么叫"岔"开写？我们可以做一个游戏来举例——当然不是说诗可以这么写，我只是举个例子。现在，把你的第二首诗和第三首诗结合起来，两首变成一首，看看会怎么样。当然很多纠缠的段落要去掉，诗的题目也要再起，这两首的题目都不好。

【合并修改刘天远的诗】

?

有时候我想

诗是我们和生命的隔断

那些坚实的质地、鲜活的触感

被锁在诗的另一端

不论试图写什么，我都是干瘪的

趴在窗台上，坐在夜车里

哪怕走在下着蒙蒙雨的巷子里

我真切地触摸到这种干瘪

核桃缝里若有若无的烟熏味儿

或者期待花生壳破碎的那一刻

弥散在阳光下的烟尘

韩东：这样就不绕了，读读看，我觉得这可以是一首诗了。写诗一定要超越自己的预估，不要总是想着自己的计划。这个修改后的版本，空间就变大了，作为诗至少可以及格。而合并前的那两首，都不及格。

现代诗歌的情绪处理

刘天远：我好像还是没有理解背后的意思。

韩东：没有后面的意思。做这个游戏是说，你不要纠缠，不需要"写到底"，不需要用尽全力。你不一定要把诗写得那么圆满，那么完满。诗歌最具魅力的部分在空白，在间隔，这个间隔就像你诗里所说的"和生命的隔断"。你虽然写了"隔断"，但诗歌没有隔断。诗歌需要隔断，不可以写得那么顺溜，那么满溢。

我说过，我不信任长诗，因为现代诗歌是处理情绪的。是处理情绪，而不是情绪宣泄，不能被动于情绪。一个情绪来了，或者感觉来了，哗——，就这么顺着写，这不是现代诗歌，或者不是现代诗歌的写法。感觉也罢情绪也罢，现代诗歌都需要处理，不能如实照搬或者记录。它不是宣泄，是处理，因此就需要中断。中断是一个很重要的技巧，不能让自己写得顺顺当当的。情绪顺顺当当地流淌就成抒情了。

你这两首诗都有抒发的意思，现在，把你的这种抒发斩断了。我们也可以把这一课叫作处理情绪。不

158

可以总是顺着, 要断。

我没法读很长的诗, 除非它是由一些短诗组成的。在一首现代诗歌里面, 情绪必须被阻断。长篇诗歌无视这一点, 于是便变成抒情了。

一首长诗在今天之所以可能, 就是得情绪处处受阻, 并且, 需要在文字排列的物质层面体现出来。

现代诗歌不是情绪的附庸, 需要和情绪作战, 将宣泄变成处理。

现代诗歌珍惜情绪, 但不滥用情绪, 并非无情。而剔除情绪是一揽子解决方案, 看似先锋, 但推卸了责任。

用散文抒情不是更方便更不受限吗? 你既然写诗, 就已被告知, 不可恣意妄为。情绪仍然在, 但需要和它斗争。呐喊的欲望渐渐地变成了游戏, 变成了艺术, 就像一个愤怒之人逐渐沉浸于棋局, 走出来的棋不是一般的凶狠。经过了转折, 变成了另一种东西。

我的意思是, 不管你是情绪还是感觉, 不能一路下来。你不仅一路下来了, 最后还一定要归结为一个东西。这两首的情绪开始有相似之处, 修改合并后某种 "执念" 就断了。这种断恰恰赋予了诗歌以空间。两首诗原来的题目《第二滴眼泪》和《干瘪》都不太好,用现在的第一句"有时候我想"做题目也可以，或者"那一刻"也行。

谢晓莹： 可以叫《剥壳》。

韩东：《剥壳》也不太好，太具有象征意味了。给诗起名是这样的，要不就很朴素，比如是诗歌的第一句，或者这诗说的是什么，就以什么命名。完全没有光彩挺好的。要不，就起一个"岔"出去的名字，和这首诗没有什么关系，反倒给诗增加了一个维度。《剥壳》的问题是太有象征意义，把诗局限住了。我说的《有时候我想》就是一个很普通的名字，当然你也可以"岔"开来，起一个和诗的内容不相干的名字。

平淡的诗不平淡

徐全： 我这两首都是昨天写的，其中一首很冒昧，诗名就是您的名字。第一首是昨天和几个朋友去吃海底捞回来之后写的。两首都比较短，我就一起念了。

没有别的下雨天没有你

我们一共两个人
后来是三个
走一条很好看的路

某某，我们中唯一的诗人
已经过去的泥土使他动摇
别墅区没有孩子的狗
在外面草地上远足——低矮的目光
在你身上打干净舒服的洞

再后来，我们一起是七个人
我看见你的手，在桌子的边沿
走投无路

韩东

他在穿过我的街道

抽烟，树枝总从人的道路上

横过来，一种空旷

开始从他身上飘落。

书店的门开着，

没有人必须从那里进去，

但必须从那里出来。

他抽完烟，

街景有了轻松的感觉。

韩东：挺不错的。先说第一首。这种比较平的诗，也许需要有一些"凸起"。"我们一共两个人／后来是三个／走一条很好看的路"，这里用"很好看"来修饰路，我觉得就不够"凸起"。"很好看"虽然朴素，但用在这里反倒造作了，一种朴素的造作。哪怕你用"很舒服的路""很漂亮的路"都比"很好看的路"要好，这是我的个人感觉。或者你用一个比较冷僻的形容，一个稍稍复杂的意象，可以试一下。前面两句都很简单，到了这儿"走一条很好看的路"实际上需要某种提升，可以不简单起来，比如说"走一条直直的路"。你也知道到了第三句需要形容一下，但"很好看"不够劲儿，差了点意思。要不就干脆做作一下。上次你的诗里有一句，"我是一个容易掉落的人"，其实是很做作的，但就很好。

"已经过去的泥土使他动摇"是什么意思？"已经过去的泥土"可以想一想，已经过去的"什么"使他动摇。

徐全： 可不可以这样理解，就是有些泥土是过去的泥土，有些泥土是现在的泥土，或者是有些泥土过去是泥土现在不是泥土。我在说什么？

韩东： 如果要和路的意象契合，可以是"已经过去的树影"或者"树荫"使他动摇，放在这儿比较合适。因为这句本身就不平嘛，已经过去的什么使他动摇，本身就有意思在里面了，但"过去的泥土"有点莫名其妙。"已经过去的树荫""已经过去的车辆"，甚至"已经过去的商店"都比"已经过去的泥土"要好。

"别墅区没有孩子的狗/在外面草地上远足"，"远足"这个词你要考虑一下，狗去远足，这个有点怪，放在这里比较生硬。你另外想几个词。"漫游"？"撒欢"？又太一般了。但"远足"还是不太好。

其实徐全写诗是从炼字开始的。现在他写平淡的诗,写平淡的诗他不甘于平淡,总想弄点噱头在里面,一些意象一些形容啦,这种努力其实是非常好的。但,既平淡又不平淡是非常难的。你看我圈出的这些地方,"很好看的路""过去的泥土""远足",不是说你用得刻意、做作,而是说要用得合适、准确,在此前提下可以更加刻意和做作,总而言之整体上需要协调。

"低矮的目光/在你身上打干净舒服的洞",OK,这句可以保留。其实,"在你身上打干净舒服的洞"很做作啊,但的确很不一般,很有想法。如果是我写,在这里我肯定也会斟酌的,意思是这个意思,但怎么表达得更好,更没有痕迹?总体说来,你这首诗不错,挺完整的,就是在一些小词上需要斟酌。尤其是这种简单、平淡的诗,词语使用就更加重要和讲究了。"远足""低矮的目光""在你身上打干净舒服的洞"都可以进一步斟酌。

徐全是一个喜欢斟酌小词的诗人,这很好。你看他写得平淡,似乎不用词,其实是在用"蔫儿坏"的词。一方面你这种习惯值得肯定,另一方面,即使是"蔫儿坏"的词你也要进一步考虑。

这首诗最好的是结尾,"再后来,我们一起是七个人/我看见你的手,在桌子的边沿/走投无路"。非常自然。手的走投无路是很怪的，但是很自然。像这样的造作就非常好，没有痕迹，大家都能理解，也不突兀。

"我看见你的手，在桌子的边沿/走投无路"，在这首诗里是最具表现力的，"在你身上打干净舒服的洞"次之。徐全其实真的是菌儿坏，每个地方他都花心思了。我不反对你写得奇怪，不反对你用词，但如果想用得像榫卯结构那样恰到好处，你就得再花很多心思。

第二首。"他在穿过我的街道/抽烟"什么意思？

徐全："街道穿过我"的意思，就是他在"穿过我的街道"抽烟。"穿过我的"形容街道。

韩东：你们现在明白他是怎么写诗的了吧？就是看上去简单，但实际上不简单。他的每一句都是想过的。"树枝总从人的道路上/横过来"，你看看，看起来朴素，但是在玩高级范儿哦。"人的道路"我还是要问一问，是什么意思呢？

徐全：我刚开始写的是人行道，树枝从人行道上横过来，后面就加重了一点。

韩东：嗯，那你还不如多写一点呢，"他在穿过我的街道/抽烟，树枝总从人的而不是马的道路上/横过来"。"人的而不是马的道路"，马路马路嘛，一般不是都说马路？我开个玩笑。下面这段很不错，"书店的门

开着/没有人必须从那里进去/但必须从那里出来",
这是一种观察,经验,看似简单,但把感觉写出来了。

你们还有什么问题,可以集中说一下。

刘天远: 就是不能太连贯,但是也要维持一点连贯性?

韩东: 回到你的问题。写诗不仅需要最原始的快感。最原始的快感就是有话就说,哗哗哗地说一堆。写诗还需要你说到一定的地步就不说了,也可以理解成惜墨如金。当然,惜墨如金不是说要把精力放在造句上,而是,你可以写得慢一点,写完以后再改一改。一首诗完全可以弄出几个版本,就像电影剪辑一样,可以有不同的版本。

连贯当然重要。但,就像写字会有飞白一样,中断、沉默、无声、空出,这些也都是非常重要的。这一段到另一段,这中间是有空间的,并不是将两段内容莫名其妙地放在一起,绝对不是。这一段和另一段之间,这一句和另一句之间,是有无穷空间的,是有无声之语的,表现为沉默或空白,但有内容,不是无内容的。海明威说,知道的你不需要写出来,不写出来也会显示、起作用;而你因为不知道所以不写出来的,一下子就被人看穿了,是漏洞而不是空间(意思如此)。说的是小说，但对于诗歌更重要。诗歌，就是词语的跳跃，或者舞蹈，是与空白或者乌有的共舞。言无不尽不是诗歌。

即兴写作不应成为习惯

【李冠男的诗】

搁浅

雨水积在院子上空

塑料布的凹陷处

无法渗透，无法

与我接触

这与我撑伞穿过大雨

不是一回事

与摩西

分开红海

不是一回事

他上岸时，一只海鸟

正抖落翅膀上的水珠

身体颤动，像分娩时的痉挛

韩东： 这首诗挺好，没什么问题。要说有问题，就是最后这句，我觉得一般了。其实诗的最后一句很重要，布罗茨基不是说吗，诗是为最后一句而写的，它就像一个过程，似乎你要捕捉什么东西（大意）。但是这首诗的最后一句不是太好。

徐全： 它不像最后一句，像中间的一句，像中途的一句。

韩东： 而且，"身体颤动，像分娩时的痉挛"太一般了。

李冠男： 本来我写的最后一句是"它的羽毛有锋利的边界。"

韩东： 最后一段就成了"他上岸时，一只海鸟/正抖落翅膀上的水珠/它的羽毛有锋利的边界"，是吧？这样肯定更好，比现在的好，可以作为一个修改的预选方案。实际上，这段的字有点多了，如果改成"他上岸时/一只海鸟正抖落翅膀上的水珠/羽毛有锋利的边界"就OK了，不必把"它"和"他"分得那么清楚。

刘天远：我有个问题，这首诗能不能到这儿停啊？就是到"正抖落翅膀上的水珠"这里。

韩东：也可以。李冠男再加一句，也是为了完整性吧。

刘天远：我会觉得只是到这儿挺完整的。我说说我的理解：首先"塑料布"上积雨和"我撑伞穿过大雨/不是一回事"，我挺能理解这个感觉的，一个离生活很近的场景。然后到"摩西/分开红海"，就好像是在和一个遥远的东西呼应。然后我理解"他（上岸时）"指的是"摩西"。他上岸的时候，一只海鸟正在抖落翅膀上的水，我觉得这又回来了，就是遥远的地方发生着普通的事情，就像前面发生的普通的事情，而且我感觉就好像它抖落翅膀上的水珠，它呼应了这种水被什么东西间隔的感觉，而且就好像抖落是一个结束。这是我的感觉。

我之所以可能对这个边界（它的羽毛有锋利的边界）不是特别喜欢，是因为我觉得它和这个水的边界不是一回事。

李冠男：对，所以是"另一种边界"。你这样说是有道理的。

韩东：你可以不用"边界"，"羽毛有锋利的边缘"

也行。不一定用"边界"，可以换一个词。但她这里的上岸不是说摩西，如果是说摩西整首诗就难解了。我的理解是，李冠男这里不是说摩西，是岔出来讲了另一件事。"一只海鸟/正抖落翅膀上的水珠"，如果这样结束其实很高级，但她加了一句是为了完整，李冠男可以选。我更倾向于加上最后一句。有时候太高级了未必是好事，完整一点，从可读的角度上说可能更好一些。都行。你们还有什么问题？

徐全：你这首诗的灵感来源是？

韩东：第一段吧，一看就是第一段。

李冠男：灵感就是看到雨水积在那个院子的塑料布里面，另一个就是下雨时撑伞。

韩东：不论写法如何，你这首诗还是一个灵感之作。就像你说的，从看到这张塑料布展开来写，然后想到一些什么。可以这样写，并且，你把一个即兴的题材写得足够深刻。可以这么写，但不要形成习惯，我认为还是需要处理一些比较大的东西，比较深刻一些的经验。处理大一点的、深刻一点的，并不是说诗就要写得很长。像现在这种即兴的写法不要成为一种习惯。

我读到不少现在年轻人的诗，最大的感觉就是不满足。你会觉得写得很不错，很有新鲜感，但读（写）

多了以后就会发现这成为他们写作的一种习惯和定势。一点小感觉，一个小灵感，抓起来就写，瞬间完成。我还是希望你们能写一些比较深入的东西。看上去可能比较轻松，但那个东西对你自己而言，可能是比较重要的。总之即兴写作不要成为习惯，偶尔放松一下可以。

诗歌中的意象

【谢晓莹的诗】

私奔的外婆

一位李姓女子，我的外婆

在秋天打包行李私奔

导致稻谷铺在地上热烘烘裂开了花

茶碗自觉融化成一块块水银

流淌在水仙花盆底

看看，那些乖巧发亮的圆

是怎么样刮取生机

田野上奔跑着发疯的母鸡

没有她的生活都乱了套

各过各的，太迟

祖父喃喃自语，抽着老烟杆

带好几双儿女

躺着，孵化沟壑纵横的黄土地

我们奔涌，永不止息

韩东：很不错。"一位李姓女子，我的外婆/在秋天打包行李私奔"，可以这么写，但最好写具体一点，有点突兀了。"导致稻谷铺在地上热烘烘裂开了花"，这句不错。"茶碗自觉融化成一块块水银"是什么意思？

谢晓莹：后面提到一切都乱了套，它是有点魔幻的情境，稻谷炸成爆米花，坚硬的茶碗也晒到融化。

韩东：这句可以斟酌一下。下面写得都不错。"躺着，孵化沟壑纵横的黄土地"，这句不好。这首诗很不错，有奇思怪想，而且有力量，也有速度，但"孵化黄土地"不太好，比较老套了。结束于"我们奔涌，永不止息"，不错。

谢晓莹：我本来想的是，祖父带着他的儿女到土地晒太阳，然后变成了河流。

韩东： 你可以直接写啊，"祖父喃喃自语，抽着老烟杆/带好几双儿女/躺着，顺着千沟万壑/变成河流远去"。不要"黄土地"，也不要"孵化"。当然，这个"孵化"和前面的"母鸡""外婆"也许有联系，你是故意这么写的。但我认为不需要有这种关联，躺着，直接变成河流多好？然后接"我们奔涌，永不止息"就可以了。

"我的外婆/在秋天打包行李私奔"这句，我觉得力量不够，不要打包私奔，你的力量得出来。比如：我的外婆，一位李姓女子，在秋天夹着包袱，或者扛着包袱或者怎么怎么地私奔，导致稻谷铺在热烘烘的地上裂开了花。

徐全： 韩老师，直接写"在秋天私奔"可以吗？

韩东： 如果你写可以。因人而异，因材施教，因为是谢晓莹写，她这首诗是一个整体，有一种魔幻感在里面，有一种混乱的动感。所以，"我的外婆"需要扛着包袱私奔，甚至挟着包袱或者追着包袱私奔。这首诗整体不错，有热度，很新鲜。再看你下一首。

蓝色房间

风的眼睛从窗户路过

一只折脚的鸟发觉残疾并不影响飞行

也许刚刚明白没办法降落

居然也算一种缺憾

周日的一个普通下午

海水忽然灌满病人的胸腔

点滴盐分、鲜肥晚霞注入他体内

水面波纹推着黄色水仙花

他从崖上走过

每个路人都要被他追着亲吻

这是生命中的最后一天

"请接受我的祝福！"

只有这一天

我走在街上

和刚出生的婴儿一样

温和地相信未来

我愿意给你每一个明天

每一种幸福

桌上刻着一道道玻璃杯的鳞片

在我蓝色的、深不可测的房间

韩东： 很好。我喜欢谢晓莹的这种有点野性的，有力量感的，有速度有意象的诗。她的意象是夹带在情绪里的，我觉得不错。"风的眼睛从窗户路过／一只折脚的鸟发觉残疾并不影响飞行／也许刚刚明白没办法降落／居然也算一种缺憾"，很好，没问题。"周日的一个普通下午／海水忽然灌满病人的胸腔／点滴盐分、鲜肥晚霞注入他体内"，没问题，虽然"鲜肥晚霞"的意象很突兀，但还是没有问题。我并不反对使用意象，关键还是你怎么用。"水面波纹推着黄色水仙花／他从崖上走过／每个路人都要被他追着亲吻／这是生命中的最后一天／'请接受我的祝福！'"这一段写得好极了，起因是什么呢？

谢晓莹： 就是我午睡醒来，发现我的房间被窗帘映成了蓝色。

韩东： 然后呢，这个"他"是从哪儿来的？

谢晓莹： 没有具体的人，只是从午睡中醒来，想象如果生命只剩下最后一天，会想什么，做什么。

韩东：没有这个人是吧，是想象的？

谢晓莹：没有。

韩东：OK。下面这几句"只有这一天/我走在街上/和刚出生的婴儿一样/温和地相信未来"，我建议不要了。你前面的密度是顺着写下来的，到了这儿已经乏力，可以不要，直接就是下一段。这段放在这儿不舒服，而且也写得一般。你需要保持速度和力量。《蓝色房间》这个名字可以改一下，"蓝色房间"太文艺了，也一般了，哪怕是《风的眼睛从窗户路过》也比《蓝色房间》要好。

谢晓莹：我其实蛮喜欢徐全的诗，刚刚看到他的诗，用词准确很多，还有节奏感。

徐全：现在，你写的很多句子我已经不太敢写了，因为我在写的时候会发现写出来可能很怪，或者是比较噪。

韩东：实际上谢晓莹目前还不太"会写"，但怕就怕，会写以后把自己擅长的放弃了，把优势丢掉了。谢晓莹和徐全的阶段是有区别的，徐全现在是"训练有素"。

徐全：我刚开始写诗的时候和她是一样的，现在会越来越谨慎，会放弃一些突然冒出来的东西。

韩东：原则上我不反对使用意象。但意象这玩意儿就像水面上的船只，需要有运行它的情绪。情绪流动，意象随之而出，自动出现，这就对了，这才是恰当的。

"会写"之后会出现什么情形？两种。一种是你追求意象，但情绪不足，情绪不足意象就显得滞重，难以运动了。你看到的只是意象，看不到意象前面和后面牵引、推动它的水流。这样的意象诗比较可怕。还有一种，"会写"之后会觉得意象不好，碍手碍脚，就把意象通通剔除了，剔得干干净净。

某一方向上的极端

韩东：徐全现在就剔得比较干净，但他又不满足，就弄点蔫儿坏的、提醒诗意存在的词语在那里。你们的情况各不相同。谢晓莹是本能比较好，情绪饱满，目前处在一个不怎么会写的自由境界里。等到习惯于审视、判断的阶段，如何保持这种原始、自发的冲动以及意象的涌动，这是一个问题。鱼和熊掌最好兼得。

我看过太多的诗人，比如我认识一个小伙子，我觉得他很有天分。他也没受过什么教育，没读过大学吧，从小就做生意，然后搞行为艺术，抽烟、喝酒什么的。开始时他的诗和他的那种生活是很相称的，有某种一致性。后来他接触了一些以写作为职业的人，这些人写得也都很好，写法上比较讲究，语言很克制。我说的这个小伙子受到他们的感染，写作变得"自觉"起来，也开始克制，他的优点因此也就减弱了。怎么能够既"会写"又保持住自己的优点、特点，这是一个大问题。所以说有天分的人也存在问题，这很公平。

我们上诗歌课，对各位的要求也是因人而异的。因为你们的特点、优点都不一样。徐全是训练有素，写作比较自觉。以前他写那种意象比较多的诗，比较有文化，很"知识分子"，现在他变了一下，OK，这很好。至少对徐全来说是某种中和，免于走极端。原先在某个极端上，后来往另一边走，最后找到你自己。两个方向上的东西我觉得都不要忽略，怕就怕把某一方向推演至极端。极端地意象、花哨、显摆，和极端地把所有的意象甚至意义都剔除干净，都未见得是好事。

就徐全现在的诗看，他还是很自觉地保留了一些东西，他还是想语不惊人死不休，这挺好的，没有问题。整体上，他的写作现在是有一个比较理性、比较克制的基调，然后在这个基调上来一些不平凡，这非常好。关键是，关于"不平凡"的部分的处理需要特别花功夫，比如今天的诗里有两句"我看见你的手，在桌子的边沿/走投无路"，就非常好。但有的部分，用词用句还是需要再考虑。

可以多写一点

韩东：李冠男的问题我也讲了，就是写得不要太即兴，不要太"小"。太小不是指篇幅，你可以处理一些比较深入、比较想处理的主题。就怕你即兴成为习惯，因为你的作品完成度是很高的，不能满足于零打碎敲。你的特点和谢晓莹不一样，她比较本能，而你，可能需要加强一点"气势"，处理一些比较大的东西。写诗时你可以放松一些，多写一点，然后修改的时候进行删除，删成一个比较精确的东西。开局的时候不能想着写一句就是一句。写的时候适当放松，最后打磨成你想要的作品。

把海明威的冰山理论移植到这里，我觉得也合适。冰山理论是说，你知道的不需要通通写出来，不写出来的部分只要有，读者也会感觉到。我们可以修正一下，就是，你知道的可以多写出来一些，想法上可以多一些挖掘，可以丰富一些，但，你最后拿出来的定稿，可能只有初稿的八分之一，这就是对海明威冰山理论的活学活用。一种好的理论可以从各个方面打量，也可以运用到实际操作的各个层面。一开始写很多和一开始写一点，然后进行打磨、处理，效果是不一样的，最后出来的东西也不一样。一开始多拿一点，多写出一点，总归是更富余的，修改起来更有余地。

所以，你开始写，开始的时候不要太拘泥，不要太讲究成功率。你关起门来写自己的初稿或者二稿的时候，可以放松、尽兴，甚至于放纵，反正没人看见。真正拿出来给人看的东西，是经过处理、斟酌的，这样的短小与精微，和一开始就准备短小、精微是不一样的。你的诗，"起势"可以更豁大一些。

刘天远好像不存在这样的问题——我们因人而异哈。他的问题是需要"断"，需要节制。或者你开始的时候不节制，但在修改的时候要学习节制。修改是一个很重要的环节，可以说，好诗都是改出来的，不是一次性写就的。当然，第一次写的时候最重要的东西已经在里面了，但要成为完成度比较高的作品，你还是需要反复修改。刘天远需要学习的是这个。

一段日记，你把它变成诗歌，说明你有游戏心态，这很好。甚至我们正儿八经写诗的时候，一开始也可以不分行，当成散文来写。这些都可以。把写诗变成游戏，进行多种多样的实验，都没有任何问题。但是，最后你端出来的这盘菜，是要经过若干工序的，也就是修改过的，修订了的。这些天远需要学习。还有什么问题吗？

港台诗歌

徐全： 韩老师提到了张枣、柏桦这些诗人，我想问一下，四川的"巴蜀五君子"是怎么来的？

韩东： 当年杨炼在《今天》里比较年轻，人也长得帅，热情好动。据我所知他去四川比较频繁，四川本地的"地下诗人"对他很推崇，当时走得比较近的几个就被人称为"川中五君子"，包括柏桦、翟永明、张枣、欧阳江河和钟鸣。

徐全： 我刚才在听您梳理这个脉络的时候，是以诗派去梳理的。那除了可以归到诗派中的诗人，同时代的还有没有别的写得好的诗人和重要的诗人，以及对后来的诗人有比较大的影响的诗人？他们在诗歌史中是不是缺席的？比如朦胧诗的时代，除了朦胧诗派的人物，还有没有别的影响大的诗人可以进入到诗歌史？

韩东：《今天》是个特例，他们成功了。当年在南京也有过类似的民办刊物《人间》，主编是顾小虎。《人间》没有印出来，筹办的时候就遇上了麻烦。当时北岛就来南京和顾小虎见过一面，就像少林和武当两大高手（团体）见面切磋。像《人间》这样的民刊全国还有一些，我是在拿《人间》举例。《人间》也出了一些人，比如叶兆言当年就是《人间》的作者。至于说到诗歌，比如西安的胡宽也算是一位先知，他写得非常好，和《今天》诗人是同时代的人。再比如合肥的梁小斌也是单枪匹马写出来的优秀诗人。类似的情况应该有不少，都是需要后来者去发掘的。实际上也一直有人在发掘，比如西北的诗人昌耀，延安时期的诗人灰娃，虽然我个人并不见得认同他们的写作，但这种发掘是非常必要的。

徐全：另外一个问题是关于台湾和香港的诗人的，我最近比较喜欢一个台湾的年轻诗人，叫夏宇，有些人说她的诗是后现代的，反主体，反整体，我想问他们对诗歌史的影响是怎样的。

韩东：港台我不太熟悉。客观地说，可能由于语言（新汉语）是在各自封闭的情况下发展、演变的，而诗又是直接落实到语言上的，因此他们写的东西在内地或大陆人看来，是一种跟你很相近但又很奇怪的东西。由于不习惯，你会失去信任感。所以，内地或大陆诗人会认为当代港台诗歌比较边缘。早年我接触过洛夫还有其他一些港台诗人，遗憾的是信任感没有建立起来。后来读到过商禽，觉得他写得很不错。年轻一拨的，我喜欢台湾诗人阿廖。

谢晓莹：我想问一下大家，写诗歌的时候有一个灵感池子或者想象的来源吗？因为每个人写的诗歌肯定是不一样的，你们一般会从什么地方获取资源，或者对诗歌有没有一些个人的想象和偏好？

徐全：你说的是写作题材吗？我觉得刚开始写诗的时候其实都是迷茫的，不知道怎么确定一首诗是好诗，是比较有价值的诗。我觉得年轻的时候都在面临这个问题，而且挺迷茫、挺无知的。

谢晓莹：对，有时候我会不知道从何处下笔。现在是先从情感上切入，因为我觉得要到一个比较成熟的阶段才能结合情感和技巧。

徐全：情感作为驱动力？

谢晓莹：现在是这样的。

刘天远：我是单纯地追求美感，但是我也说不清美感是什么。

翻译就是转换

徐全：我突然想问另外一个关于语言的问题，和传统没有关系。毕飞宇在他的《小说课》里面讲《红楼梦》和汉语的关系其实就像鱼和水的关系，汉语作品脱离了汉语这种"水"或是这种"土壤"就经不起翻译了。有没有这样的一种诗歌，它只是汉语的诗歌，不是别的语言的诗歌？

韩东：弗罗斯特说过，诗就是在翻译中丢失的那一部分（大意），就是说诗的精髓和语言是紧密贴合在一起的，那一部分是不可翻译的。诗歌就是某种语言装置，这个语言装置无比精密，浑然天成，你一翻译就等于重新组装，精华就丢失了，诗成其为诗的那些东西就丢失了。

当年，我觉得这句话说得太对了、太好了。我也说过一句话，"诗到语言为止"，就是说，诗是"焊"在特定的语言里的，一个字不能多一个字不能少，怎么可能从一种语言被翻成另一种语言呢? 这是不可能的。但我们不能迷信这类说法。后来,若干年后,我又读到博尔赫斯的一句话,大概的意思是,伟大的作品是经得起印刷错误的。意思是只要你写得足够伟大,印刷时丢一个字或者错一行,也还是伟大。当时我读到这段话时真如醍醐灌顶。弗罗斯特的话和博尔赫斯的话是两个极端,但对我们来说,同样具有启发性。所以我们千万不可固执于一端。

就比如佛经翻译到中国,对中国社会、中国文化产生了巨大的影响。历史上每一次大规模的翻译,都会伴随创造力的空前解放。就文学而言,如果没有翻译,我们今天还不知道在干什么呢,还在撒尿和泥巴玩儿吧。所以说,翻译这玩意儿真不能简单地从一首诗到另一首诗去理解,它是整体的宏观事业,善莫大焉。就算我们就具体的诗作而论,翻得准确与否倒在其次,关键是能不能在另一种语言里复活。所以,有译者翻译我的作品,我就不那么自恋,不强调所谓的准确,我告诉他们,只要在被翻译的语言中是一首杰作就达到目的了。因为原作者一般都很自恋,都在强调与原作一致,担心会被歪曲。如此一来,反倒把诗歌降低为"所指"了,降低为内容了。既然你承认诗歌和语言形式的密不可分，那么在另一种语言里获得一个坚固的形式就是更重要的。如果把你的诗翻得很准确，但却是一首烂诗，这又何必呢？

翻译就是一个再创造的过程。说得绝对一些就是这样。所以说，我们对翻译的要求才会这么高，才会要求诗人翻译诗人，否则用计算机来翻那不是更方便吗？什么样的人来翻，区别太大了。

翻译问题的确非常复杂。首先和译者有关。其次，就像你说的，有的诗的确很难翻译，难度很大。还有一件事比较有意思，就是，比较差的诗说不定经过翻译能变得更好。总而言之，翻译就是一个转化的过程，这种转化在艺术上合理合法，而且可能性很多。比如你有一个故事的内核，可以把它写成一首诗，也可以写成一篇小说，也可以拍成电视剧，弄成话剧。比如说《赵氏孤儿》，人物关系大致是不变的，但你可以演绎，赋予它不同的艺术形式、表达形式。

本质上，翻译就是一个再创造的艺术转换过程，和转换成其他的艺术形式一样，是同样的事。它需要专业的高手去做。原作只提供某种"内核"，甚至是只提供一种启示。有的内核和原有形式焊接得很紧，无法拆卸，也有的，很容易就拆卸开了，甚至经过翻译会比原作更好。也有的，原作只是提供某种想象，需要彻底推倒重来。

转换这件事很有意思。画画的人都知道，看画需要看原作，复印件再好再精确，和原作还是有区别的，"失真"是免不了的，所以你必须去看原作。但这是对一流大师的作品而言的，三四流的作品往往复印件比原作更好，更漂亮，它可以把较差的东西变成较好的东西。所以说，我们说无法翻译，也是针对那些杰作而言的。说诗歌是翻译中丢失的东西，不如说，伟大的诗歌才会是翻译中丢失的东西。首先你必须写得足够好，诸如此类的担心才是有意义的，才不会成为笑话。

我们读的翻译作品一般会有一个背景介绍，这其实是种诱导。比如关于这个诗人的经历，在诗歌史上的地位，权威怎么评价，等等。这等于一个指路的路标。当你真正接触时，我认为直观的判断很重要，还是要看在汉语里呈现得如何，舒不舒服，好不好。你只能从这个角度体会。它和小说、散文不一样，小说、散文，里面有一个情节或者故事，我觉得会比较好翻译，好翻得多。而诗歌，是否成立主要在语言。有时候你会觉得这些翻译过来的诗，在语言的层面实在不怎么样，粗糙甚至于平庸，但你并不知道这是原作的问题还是翻译水平的问题。小说、散文越过语言还有东西可看，诗歌则和语言贴得很近，甚至直接就是语言那层皮。当然，你的语言经验是在不断积累和深化的，暂时看不出好来的东西以后也许会觉得好。

诗歌没有专门语言

徐全：写诗的人去写小说的时候，可能会对于每句话、每个段落的语言要求特别高，然后写起来就感觉很吃力。韩老师怎么看这个问题？

韩东：无论写什么，只要属于文学，对语言的要求是某种底线。比如海明威，一个短篇的开头会写几十遍。王小波写《黄金时代》，据说开始部分也写了十几二十遍。语言是基本的东西，写诗的人在这方面有优势。

刘天远：我觉得，其实写小说，开头有点像写诗……

徐全：我的意思是肯定不能用写诗的语言去写小说呀，小说和诗的语言肯定是不一样的……

韩东：最近我一直在说这件事，就是，写诗的人有一个意识，似乎是不证自明的，大家都这么想，认为有所谓专门的诗的语言。这是谬误。

这是一种流行的、不假思索的看法，很多人都有的一个观点，或者潜意识。这是其一；其二，他们不假思索不证自明地以为，"诗的语言"就是一种"美的语言"，色彩斑斓，很不平凡，与所谓的"日常语言"要拉开距离。无非是风花雪月之类。我虽然不赞成"口语"这个概念，但是我要说，所谓"诗的语言"就是一种最普通的语言，就是最普通、标准化的语言，用这样的语言去写诗，诗歌才能成为"不普通"和"不一般"的。

这些人认为，有专门的"诗的语言"，似乎用这样的语言去写诗，诗就存在了。诗是预先存在于"诗的语言"里的。其实不然，你用最普通的语言去写，从开始到结束是一个过程，这个整体或者整体的流动才可能成为诗。绝对不是"诗的语言"写下的才是诗。

持有诗有专门的"诗歌语言"或者"专业语言"观点的人，进入写诗的操作层面，不禁会想，怎么写出一个好句子。似乎，好句子放在一起就是一首诗。写诗变成了造句游戏，句子要造得尽量扭曲、华丽、奇怪和惊人。这是很多人都会犯的毛病。其实，诗歌是一个整体和过程，而不是其中的某些"妙句"。当然，你必须讲究，但这讲究不是说一句话要怎么起伏、语不惊人死不休，要如何具有意象光芒，如何美，而是，用普通的砖瓦建造宏伟结构，或者坚固的结构。

诗歌不是科学，不是学术，在那些领域专业语言是必需的。哲学、数学都有专业语言，外行进入不了，专业内部有必要那样思考和进行表达。诗却没有类似的专业语言，但我们会认为它有所谓的"专业语言"，就是一种"美"的语言，这是天大的由来已久的误会。

还有一种"专业语言"，就是"黑话"，诗歌没有必要堕入到"黑话"的地步，弄到最后就不可通约了，除了在写诗人的内部。所以，有的诗一般读者看不懂，首先就是在语言层面有了障碍。而障碍的原因是你用所谓的"诗的语言"去写，而他对这个"诗的语言"毫无了解。

"潜读者"

韩东：我认为诗应该是可读的，读和写应该是一体两面。有些人说，我只管写我的，不考虑阅读，这是一种比较意气用事的说法。至少他自己可以读吧，至少得有一两个知己可以读吧，否则何必去写？哪怕只有一个人能读，能明白你的妙处，那也得考虑这个人的阅读。语言本身就包含了读和写之间的互动。如果我写的东西完全不符合语法规范，不符合被阅读的规则，和读者之间没有某种约定俗成的关系的话，那么这个东西就不仅是"黑话"的问题了，简直就成了外星语。

因此不可轻视阅读，你说我寻找的读者他的理解力和我有相通之处，这是可以的。你至少得写你自己可以读、自己想读也有兴趣读的东西。我们的写作有一个"潜读者"，无论你写小说还是写诗都是如此，都会想象有一个人正在阅读。比如说，你写的是儿童诗，你想象的"潜读者"可能就是一个智力在十岁以下的孩子，因此就不可能写得太"成人"。你写诗的时候也可以想象这个"潜读者"就是你本人，和你的智力、敏感是重叠的。所以我说过一句话，我不写连我自己都不想读的东西。

每个写作者都有自己的"潜读者"，不可能没有。但很多人的"潜读者"是一个想象中的权威，甚至是很高端的权威。我们那时候批评"知识分子写作"也有这个意思，就是，他们的诗是写给想象中的高端权威看的。他们写的诗需要一个哲学王，或者饱读诗书的人来阅读才算数。而他们自己并不愿意去读自己写下的那些东西。关于何为高端的权威，实际上也是出自他们的一种想当然。

你们需要明白你的诗是写给谁看的，你的"潜读者"是谁。我认为比较合适的是跟你自己有某种关联的人，在你目前的水准上和你可能产生共鸣的人。

你也可以"降低"自己，比如是写给孩子看的，这可以是一种尝试。但你如果想要写给比你"更高级"的人去看，就有点吊着了，有点吊着写了。最好想象一个和自己水平相当的人，让他觉得你写得好，比较合适。提高自己可以从阅读开始，在阅读上进步了，写的时候那个"潜读者"自然也就提升了。

刘天远：老师，接着您刚刚说的我还想再问一个问题，您说诗是没有自己独特的语言的，这样的话，比如说我们把一段有美感、有意思的文字拆解，构成一个形式上看起来像诗的分行的东西。这样我们怎么去分辨它是不是诗呢？我说的就是诗和其他体裁的作品之间的分别。

韩东：首先，我是特别强调语言的。我只是说，诗歌没有一种专门的"诗歌语言"。诗歌是一个整体，哪怕只有三五句，但这三五句是一个整体，在这个整体中诗歌呈现为诗歌。并非是你需要用"诗歌语言"去写,或者造一些奇怪的令人难忘的句子,如果那样的话还不如去写格言。

谢晓莹: 天远的疑惑我也有过,我们本科的时候上过一门课叫文学评论,里面举过一个很有意思的例子,一个外国诗人写的诗,它是写在便笺条上的,就贴在冰箱门上:"我吃了/放在/冰箱里的/梅子/它们/大概是你/留着/早餐吃的/原谅我/它们太可口了/那么甜/又那么凉。"然后,就有很多人讨论它到底是不是诗。

徐全: 这是卡洛斯·威廉斯的诗,很有名。

谢晓莹: 对,解读认为这些句子分行后可以被称为诗,它有一种冒犯感。因为"我"吃了你家冰箱里的梅子,没有经过你的同意,但写便笺条的人好像又知道你不会刻意去怪"我"。分行之间有很大的一个矛盾,有张力,它暗示着,冰箱主人和写便笺条的人关系不同寻常。诗歌内有可填补的空白,不是简单的造句。

韩东: 谢晓莹是从文学批评角度说的,属于事后总结。这首诗的成立和美国诗歌史的背景有关,是有背景关联的。因为当时大家都在写比较繁复、学院化的东西,威廉斯突然这么写,在整个背景下就显得特别新鲜。大家都认为诗是华丽的,和生活是有距离的,忽然就读到了这种写法。

少即是多和"分子式"

韩东: 什么是诗? 我的说法就是, 少即是多, 它的容积有限, 容量却可能无限, 诗歌的魅力就在这里。也就三五句或者六七句、七八句, 但你读起来却觉得意味无穷。想要达到这一点的确很困难。

少即是多, 很多人都能理解。比如说, 有人认为诗歌就是这么三五句, 那么我就要在这个有限的空间里塞进尽量多的东西, 尽量多的修辞, 尽量多的意象。似乎更多的东西就能让诗歌的能量增大, 信息量大就意味着能量或者容量大。这是一种误解, 一种过于直接的反应, 一种"直肠子", 其实不然。

纯度, 有时候也是构成能量的一个重要因素。比如我们随便说一句话, 类似于"刘天远你好"。"刘天远你好, 刘天远你好, 刘天远你好", 你重复三次它可能就是一首诗了。有时候纯度决定一切, 不一定非得塞进更多的东西不可。还有, 最根本的, 就像由元素组成的分子式一样, 所有物质的元素也就那么几种, 但分子式的不同就构造了不同的物质。也就是说, 诗不在于外在的多或者少，而是要有密度，有它的变化和构造。如此一来才可能具有能量，才可能变成不一样的"物质"，变成和散文不一样的东西。必须注意"分子式"的变化。

写诗和读诗的意义

刘天远：我写那个日记的时候在想这样一件事情，诗为什么能打动我，它成立的根基在哪里。一开始我想也许是因为诗成功地传达了一些生活中的感觉，这些东西本来也许是难以用日常语言沟通分享的，你必须在第一现场才能体会到。

后来我想可能并不是这样的，重新用诗的语言构成那套更容易传达给我们的东西，它也许就不再是原先那个鲜活的东西了。我们能够沟通理解，一定是基于我们共通的一种东西。然后我想，有没有可能正是那种所有人都感受过的渴望描述那些东西而不得的无力感，或者说失败感，构成了我们得以沟通的根基。这只是一些乱七八糟的想法。

韩东：诗在中国传统上承担着所谓诗教的职责，因为缺乏信仰嘛，那就信仰诗歌，诗歌成了信仰的替代品。比如说我们碰到一件什么事，读两句诗，就能得到某种安慰。这就叫诗教。再比如一个人去隐居，本身并没有什么，但他把隐居写成了一首诗，"采菊东篱下"之类的，你就觉得这生活不一样了。从这些角度说，诗歌就是诗教。

当然，这种"诗教"是和阅读需要有关的，必须有读者存在，有人买账。那么今天，很多人写诗，只是追求诗本身写得如何，不那么考虑读者或者社会需要了。诗歌对于写作者而言，就成了一件事，一件可以终生致力的事。于是他们的信念就有点类似于艺术家，艺术家要做作品，把作品做出来，能够理解的人多或者少都没有什么关系，对他人有没有影响也没有关系。但是，你必须去做一个好东西，好东西放在那儿，放在宇宙之中便永远是一个好东西，就等于是作者的一个替代物了。作者通过作品而永生、永恒。这是当今自觉的艺术家或者诗人必不可少的幻觉。

所以，在今天，写诗的人和读诗的人几乎一样多。也就是说，不写诗他就基本不读诗。你自己要写诗，所以你才想得起来读诗。这件事的确有点荒诞，不写，何必去读呢？我之所以去读，是因为我也写，想写得好一点，有所进步。这跟以前大不一样。过去在古代，你就是不写诗那也得读诗，"不学诗无以言"啊，你连话都不会说，又怎么可能不去读呢？当然，这里说的"诗"是特指。读诗就是一个基本的修养，一个精神上有修养的基本标志。今天不一样，今天，一个人完全不读现代诗，活得一样滋润。在今天，咱们不说诗歌，文学也好，艺术也好，它最大的意义或者作用，就是无用，没有任何实际用途。

在今天的环境里，我们看待一切都有一个比较功利的角度，就是有用，一切都要有用。没用的东西我去花时间，读诗、写诗，那不是吃饱了撑的吗？一切我们都要讲求效率，都要有用。

正因为如此，诗歌或者艺术的无用就是大用了，无用之用。也就是说，没有任何作用的东西未必就是没有必要。就比如音乐，它有用吗？对你求学，对你的工作，对你的事业、家庭没有任何实际作用，你只是听着舒服而已。它对于你的世俗生活、社会生活是没用的，原则上是没用的。当然，娱乐圈的情况不一样，很多家长从小培养孩子唱歌跳舞听音乐，是想孩子将来当个大明星，露大脸挣大钱。但对于大众而言，听音乐的确毫无功用。但你为什么还会去听？从小听音乐的人和不听音乐的人真的是不一样的，从小听好音乐的人和只听流行音乐的人也是不一样的。这个不一样在哪里？几句话说不清，但的的确确会有不一样。

我只是拿音乐打个比方。在以前，我们算是诗教的国度，诗歌就相当于现在的音乐。那么到了今天，我仍然可以负责任地说，你读诗的人生和不读诗的人生是不一样的，不是说读诗就能使你更成功，它不能保证这一点，就像看艺术展览或者看文艺片一样。

没有用的东西在今天恰恰是我们最缺乏的。我经常举的例子就是星空。星空在上——你们这个年纪的人我不知道是不是也见过星空。我们那时候下放到农村，当然是见得多了，现在看不见星空一是由于空气污染，二是城市会有灯光干扰。当你的周围完全黑了下来（比如我小时候躺在竹床上乘凉），就看见银河了。还能看见流星、流星雨，看得不要太多，但现在就很难得了。

比如星空这玩意儿，对人类是没有用的，一点用也没有，你不可能去开发它的资源。现在连月球都开发不了，更不用说那些遥远的星系了。所以说星空对人类而言并没有任何实际价值。但你把人类存在的这个星空的背景取消试试，那就是一件很可怕的事。你们现在虽然不太容易看见星空，但知道有星空，如果它真的不存在了，我觉得人的生存、人类生活都成了问题。

所以说，艺术，包括诗歌、音乐，就类似于星空这样的东西，它是无用之用，非常有用。说得直接一点就是，它对人的灵魂、心理具有极大的塑造和养育作用。所有美的事物都这样，而艺术就是和美打交道的。

一个人不爱美是不可能的。艺术带来的是一种伟大的美学。但现在，我们流行的美学就谈不上伟大了，甚至于猥琐不堪。爱美就是修图，就是美颜拍照。韩国人发明的娱乐美学我觉得是一场美的灾难。比如现在看电视，那光打的，图修的，脸都看不清楚，整个是一个平面，上面几个窟窿眼就是人吗？就是美吗？整容就更不用说了，所有女主的脸都是一张纸。这种美学盛行一时，很可能会代代相传，韩国人带过来的，相当可怕。

当然了，这可能也是一种美，但这种美和我们所说的艺术之美完全不是一回事，甚至是冲突的。正因为无论是何种美都会进入我们的灵魂，我们的心灵都会受到感染，肤浅恶俗的美也不例外，所以，这是一件可怕的事。

从大的方面讲，我们为什么要写诗、读诗？就因为灵魂深处对美的渴望。当然,和美交往不一定非得通过诗歌,我们也可以通过音乐或者其他艺术,但你总是需要某些渠道。没有好的渠道,那只有低级的比如"韩国美学"这样的渠道了。

　　说到需要诗歌,最抽象的一层就是爱美,它不是物质财富,但是心灵的财富。诗歌作用于人心。我们需要和没有实际用途的东西打交道,太需要了。

第四讲：修改

修改，就是要把判断和直觉性的临场操作分开。写的时候，尽量依靠潜意识、经验，修改则需要依靠判断力和理性。

进入状态需要热身

韩东：以前道听途说或者不经意吸取的那些关于诗歌的概念、写法，在你们那儿还是起作用的，你们是凭借潜意识的那些东西在写。当然这不专业，需要清空，我们第一次讲课的主题就是"清空"。以前在潜意识里的关于诗歌是什么以及如何写诗这些东西基本上可以作废了。经过几次学习，如果你们有了这样的感觉，就是一个非常好的标志。不可能按照以前那种认识去写诗了，那么，该如何写下面的诗，写新的诗？可能需要一个过程。

这种"不会写"的感觉会一直持续，伴随终生。每当这种感觉来临，不要有拒绝的心态，觉得大祸临头了，敏感消失了，从此就完蛋了。很多有天分的人在这个关口上就真的停止了，不去写了，精力、抱负转移到了别处，写作这件事就放下了。但实际上，类似的感觉不一定就是枯竭，很可能是到了一个瓶颈期，再坚持一下就可以过去，过去以后就是一片新的天地。你会觉得写得特别爽，但过了一阵又觉得不会写了。大概就是这样的一个过程。

我说的这个问题，不是针对你们目前。如果你们准备把写诗持续下去、当成专业的话，这种困扰就会一直伴随你，所以要有精神准备。我现在也经常会觉得自己不会写了，那我就丢开，去写一阵小说或者忙别的，然后再回来，直到通过这一关。

怎么写呀，真的不会写了，完全不知道该如何下笔了，这种感觉是很正常的。我们写诗，进入状态，有一个热身过程，就像体育比赛那样，开始之前运动员需要热身。比如拳击比赛，最顶级的赛事放在最后面，前面会有一些垫场赛，也是一个道理。

最近我也在写诗。有一段时间没有写诗了，去写小说了，回过头来再写诗，就觉得完全不会写了。这时候，你就需要给自己一点时间，读一点诗，想一些关于诗歌的问题，总之，要盯住诗歌这件事。渐渐地，就觉得自己可以写了，写了一首，但自己觉得不好，就又写了一首，还是觉得不好。就这样，写了七八首之后慢慢觉得可以了。这就是一个热身或者进入的过程。所以说，无论是写诗这整件事，还是写一首具体的好诗，往往都会有一个热身或者预热的过程。但首先你必须给自己预留时间，将注意力集中过来，将精力集中到写诗这件事情上，前提是不干别的，或者说主要工作是在写诗。热身、预热实际上就是把注意力集中到诗歌上来，把你"写诗的心"收回来。

写诗，从来不是写一首算一首的。可能在一个时段里，我们开始写的几首根本不算数，只是为后面那首写得满意的诗所做的练习。你也可以称之为热身、预热或者准备。以至于同样的一个主题或者素材，也就是你想写的某个东西，可以一遍一遍地写。这一遍我没有写好，那就再写一遍，写上很多遍。这个问题前面说过，就不啰唆了。

好诗是修改出来的

韩东：这一讲的主题是修改，也就是改诗。修改或者改诗这个环节太重要了，好诗百分之九十都是改出来的。当然也有一些诗，写作时你处于某种特殊的灵感状态下，一遍就很完美，无须再改。写的过程如神灵附体，用时也很短。这种神来之作很少，非常之少。如果要持续写诗这件事，最后被收进你诗集里面的诗——当然是满意的诗，至少得有一大半都是经过修改的，不可能完全是一稿成。我特别强调修改，可以说我反对即兴写作，反对一稿成的方式。即兴或者一稿成的方式虽说写得很爽、很快，但大多经不起推敲。我反对立等可取，比如目前网络上大量流行的那种快餐式的写作。

我不是在说题材的大和小，也不是在说诗歌的规模。我想说的是，写诗是诗歌这种形式和我们的经历、思考，我们这一摊子的结合。你这一摊子进入到诗歌的形式里面去，是需要压力的。有人以是否写得轻松作为一首诗成败的标志。在某个时刻，你的确是会感到轻松的，但那是在一首诗完成之际，因它终于达到了你的各项要求。而达到你的自我要求，却不是瞬间之事，修改在这里占有极大的比重。不会修改，哪怕你真的是一个天才，写上一堆诗，可能里面只有一首半首算是天赋之作。有一些很厉害的诗人，一生中可能写了很多，注意力在写诗这件事上花了极多，但拿出来的作品却极少。比如毕肖普，比如菲利普·拉金，比如特朗斯特罗姆，作品都很少。作品虽然少，但质量都奇高，并不是说他们比其他诗人更有天赋，而是，他们最后拿出来的东西是经过反复斟酌和修改的。他们肯定都写了很多不怎么样的东西，从初稿到成品的那个漫长甚至痛苦不堪的过程你是看不见的，他们的反复、苦闷、纠结、绝望对你屏蔽了。

"工艺"流程

韩东：写诗需要纪律。现在的网络很便捷，很容易导致一种心理上的东西，比如一个小圈子里的人互相印证。你现写现卖，拿出来展示，这是初稿，刚出炉的，当然这没有问题。但如果要作为诗人生涯算数的东西发表，我建议要慎重，一定得达到你自己满意的一些指标。交流和把这个东西作为作品或者成品，是两个概念。

当然，很多人会不赞同。因为这是一个快餐化的时代，不止写诗，写小说不少人都只写一稿。不是说只写一稿没有好东西，而是说，写作需要过程。一稿作为草稿或者初稿当然很重要，很多敏感、灵感、即兴的内容都进去了。但是你怎么把它固定成一个作品，还是有"工艺"流程的。这个流程不能忽略轻视，需要学习。据说莫言写《生死疲劳》花了四十多天，译者翻译这部作品则用了几年时间，那么，翻译出来以后就不一样了。我们必须重视一稿之后的工作。

我拍电影的时候，有感觉的是制作电影的方式。写作是个人的事，电影或者戏剧则是集体作业，是大家智慧的结晶，这是其一。其二，电影工业很分明，有前期（编剧、勘景、选角等）、拍摄（实地拍片）和后期（剪辑等）的分别。我觉得这些概念可以移植到写作这件事情上来。所谓的前期，就是我们的阅读、准备和思考——这些我们前面都讲了，怎么集中精力、怎么进入状态。之后，我们开始实际操作，也就是开始写了，刚才讲的"热身"就属于这一阶段。一遍遍地写，直到满意，这个过程就是中期。写完之后，我们还有后期。

有些导演是作家出身，他们写小说的时候只写一遍，但是到了拍电影的时候，就不允许这样操作了。比如说剪片子吧，得看上十几遍毛片甚至几十遍毛片才开始剪。通过向不同的艺术方式学习，有些东西是可以运用到写作上来的。实际上写作本来就应该是如此的，只是在一个快餐化的时代里，古老的手艺丢失了。

通过拍电影，我又看见了艺术工作手艺或者工艺的那部分。

正当的骗术

韩东： 我为什么要强调修改？因为你最后拿出来的东西，花了多少力气是能被看出来的，不是看不出来。所以要"举重若轻"。我们拿出来一首诗，别人一看说："哎哟，这个很容易，我也能写。"这是好事情。但是，如果你要写得真的好，就得花上很大的力气；骗得了一般的读者，但骗不了内行。我在《五万言》里就说过，艺术是一种骗术，正当的骗术，正当的骗术是什么呢？就是外行去看，太简单了，我闭着眼睛都能写，但其实不是这样的，真不是这样的。

我很喜欢于小韦的诗，他的诗就看上去特别简单。这家伙是老"他们"，当年就是大家公认的天才，但写得不多。他写诗的时间大概也就是二十多岁到三十多岁之间吧，不到十年。2000年的时候，我主编了一套"年代诗丛"，其中有于小韦的一本，也就收了六十一首诗，就是他写作的全部了。后来他下海了，就没再写诗了。直到两年以前，被我们硬拉过来，摁在那儿硬逼他写，他就又开始写。他写到什么程度？有一次我去他那儿吓了一跳，于小韦的头发竟然秃了一大块，斑秃了，俗称鬼剃头。我认为就是写诗写的。我们逼着他又写了四十首，质量一如既往，甚至别开生面。但表面上看他的诗更简单了，似乎谁都能写。

所以说，写诗的容易是一种欺骗，写作就是一种骗术，正当的骗术。简单、容易、读起来舒服，谁都可以为之。那么，不正当的骗术是什么呢？简言之，就是炫耀。有时候你读一个人的诗，如果你是个外行的话，就会由衷地佩服，觉得这个人懂得真多，啥都知道，真有学问，知识量大、深刻华丽高贵之类。其实这些和文学完全无关。这么写的人是让你崇拜他的，其实自己挺自卑的，非得把自己读过的知道的东西无限放大，用来吓唬人而已。这种骗术是负面的，我们不需要。需要的恰恰是另一种骗术，艺术正当的骗术，内行吓一跳，而外行觉得平易。正因为简单、平易，没有违和感，跟你很近，你才容易接受。但真的动起手来，你就知道他的厉害了。我们需要的正是这样的一种厉害的东西。

210

"内向"的成因

【徐全的诗】

窗外有一个山丘

按门铃的人和开门的人
是同一个。在镜子里
我喜欢在漫长的下午跳舞。
我只见过一次屋顶，或者说，
只见过一次屋顶的情形
一个多边形的柔软世界。
我稳定地消磨着春雪。
去年，也许是另一个去年
我们一起在那里的身体里
跋涉，燃放彩色的烟雾筒
一如时间的烟雾弥漫。
有一种想象的真实可以触摸。
现在，通往屋顶的门
和许多门依旧开着
但没有人能够去到那里。

我们也没有必须要去的地方

这比我们没有去的地方

令人忧悲和值得怀疑。

我们常去的楼道

许多东西不可堆积杂物

呈现出某种安逸的混乱。

我们在一起，是分开的

第一阶段。

韩东：这是你最近写的吗?

徐全：对。

韩东：这首诗整体的感觉比较内向。

徐全：我也觉得比较内向。

韩东："按门铃的人和开门的人/是同一个"，这是一个好句子，没问题。"在镜子里/我喜欢在漫长的下午跳舞"，这其实也是一个精心安排的句子。第一句和这一句是连在一起的，按门铃和开门的两个人是同一个人，之后他看到了镜子，镜子里面和镜子外面也是两个人。这首诗比较内向，句子上理解起来有些曲折。虽然你的词汇量减少了，但问题不在这里。问题在于过于往"里"写了。你写这首诗肯定有一个内在的逻辑，但需要把这个逻辑呈现出来，让别人也能感觉到。别人读这首诗总要有所得，要么能够摸清你的逻辑，要么不，你的逻辑摸不到，但词语本身是可感的。现在，你的逻辑藏得比较深，表面上的可感性也不强烈。你大概写的是什么，或者是因为什么才写了这首诗？

徐全：这首诗是一首仓促之作，主要是一个场景触发了我的写作。我写的是一种离情，离开的"离"。我喜欢跳舞，喜欢去我们学校食堂四楼的一个地方跳舞，有的时候会在那儿坐一个下午。最近是毕业季，六月份我们都处在一种离情当中，我就抓住了这个场景，写的就是这种离开的情绪。

韩东：你完全可以写得直接一些。和你前面的诗相比，这首诗的词汇量是减少了，但却没有一些跳出来的东西。的确太内向了。比如你刚才说的这段话，"毕业季""离情""我喜欢跳舞""去学校食堂四楼""有时候会在那儿坐一个下午"，都可以直接写进诗里，没有必要把这些转换成只有你自己理解而别人不太有感的东西。还是太文学化了。我说的"文学化"重点不在于字句或者造句，而是指整个对诗的想象。你这首诗的整体想象过于内囿。

【徐全的诗】

火车经过头顶

火车经过头顶时，海棠还未开放。
也许已经在脑海里开过。
记不清了，这让人感到幸福，
感到要说的话全松了。
另一些话，找到了我的嘴巴。

在山洞里，我是玻璃后面的你。
山洞里空无一物，
低头不见的抬头也不见了。

许多人一起从回旋楼梯上下来，
弯弯绕绕地走了很久，似乎可以
永远走下去，拐着弯做人。
种种颤动从各处传来。

马路那边站着一个捧着花的女人，
她让自己的左手

和右手牵了一会儿，她站在那里

就像她从来就在那里。

你说，我总是临近

我不是的那一面。

韩东：这首好多了，和上一首相比。尤其是开始部分，"火车经过头顶时，海棠还未开放/也许已经在脑海里开过"，很好理解，虽然写得也很曲折，但没关系。"记不清了，这让人感到幸福"，这样的句子也很好，是有感觉的。"感到要说的话全松了"非常好。"另一些话，找到了我的嘴巴//在山洞里，我是玻璃后面的你/山洞里空无一物"，一直到这儿我都觉得挺好的，有某种逻辑联系，也能感觉到那个逻辑。由火车引发，到了一个山洞，火车转入山洞，下面可以转到别的事情上去了。

但后面就有些不清楚了。"低头不见的抬头也不见了//许多人一起从回旋楼梯上下来/弯弯绕绕地走了很久，似乎可以/永远走下去"，是你从火车上看见了楼梯？有点不清楚。楼梯本身的意象还是不错的，读了也有感觉，可以看到那个画面。也可以算是"岔"出来写了吧。"拐着弯做人/种种颤动从各处传来",不是很好,"岔"出来也得适可而止。前面火车的意象很明白,楼梯的意象单拎出来也不难懂,但不要过于啰唆。就我的阅读而言,这两个意象之间似乎缺点关联。

"马路那边站着一个捧着花的女人/她让自己的左手/和右手牵了一会儿,她站在那里/就像她从来就在那里//你说,我总是临近/我不是的那一面。"我认为这又是一个意象,你在写一个女人。这一块写得非常不错。"马路那边站着一个捧着花的女人",很可感。"她让自己的左手/和右手牵了一会儿,她站在那里/就像她从来就在那里",相当不错。直到"你说,我总是临近/我不是的那一面",突然又插进来一句,很突兀,但是很好。

我从阅读的角度来看这首诗,就是这三个意象,或者三个集中写的东西,一个火车,一个楼梯,一个女人。这三个东西可以关联起来写,也可以不关联,分开来写,就像三个画面或者三联画一样,也可以获得某种协调性。但如果你关联起来写,衔接部分就得更清楚一些,不能既关联又不关联地写,那样就会造成混乱。你可以说说自己写这首诗的想法。

徐全:这个火车其实它原本是轻轨。我去重庆玩,重庆有个地方叫李子坝，是个热门景点。到李子坝站的时候，可以从站口（在楼内）出来，许多人都下来到马路上去拍轻轨穿楼而过的景象。我描写的就是这个过程：从楼里面下来，然后走到马路，看到这个女人。只是我把轻轨换成了火车，把这个场景稍微处理了一下。

韩东：哦，原来如此。你这么一讲，这三个东西的联系就清楚了。但如果你不说，里面的关联性还是感受不到。不是说你非得让别人明白不可，而是，在情绪上要让人能感觉到。实际上，有时候几个东西或者几种感觉并列在一起写，可以有一种情绪的关联的，是可以这样操作的。但可能需要加上一些叙述性的、关联性的句子。

总而言之，需要连接。你这首诗是把三个意象"含"在一起写的，蕴含的含，就像一个人说话，我们只有把话说出来别人才听得见，不能把话含在嘴巴里。我们说，有些人说话不清楚，就是说他是含着说的。这首诗的空间还不够大，不够开，你得让别人看到你说的那些，同时也得让别人看到你没有说的那些。只有把这些说完了，才完成了任务。

"含"在一起写，就预定了有关联。所以，最好能有一个叙述性的调子。至少你心里面得服从这个调子，从左到右，或者从右到左，一个一个地去写，有进展和层次。当然，你可以进行切分，但至少心里面得清晰，自己不能乱。所以说，表达必须清楚、清晰，首先你自己得明白。如果连你自己都不明白，别人就更不明白了。在你心里明白的时候，你可以"岔"到别的地方去，也可以有另一些东西进来。切不可只迷恋意象本身，来去最好分明一些。

时间和空间里的诗歌

韩东：你的问题在于，不怎么在乎叙述和逻辑。比如你写这次旅行，只是在想，哪些东西是最有诗意的，然后就把它们给挖掘出来。这是不对的。首先，你写一首诗的时候，一定要考虑整体，或者趋向一个整体。哪怕这个整体都比较缺乏诗意，比较"白"，是一个叙述性的东西，最后你落在一个"很诗意"的地方也就可以了，作为一首诗它也成立了。你还有一个问题，就是"平"。你每一句实际上都不平，每一句你都想过，但作为一个整体，它的起伏、转换、变化不大。我们不太能读到一个过程。

徐全：直接就是诗意的东西。

韩东：不要仅仅去收集"诗意"的东西。比如这首诗，坐火车看到一些人下车，看到一些东西，可能一些画面是比较诗意的。但你需要注意的是一个整体，一个过程，最后，落在一个什么东西上。最后一句为什么重要？简单地说，它就是你理解的一个"告一段落"，其他因素都是为此服务的。

在更高的要求上，你这首诗的确有点"平"了，缺少连接和叙述性。呈现出来的效果就是，在你的眼睛里这些东西都是一样的轻重，这些画面都是"等值"的。不应该这样，最精彩的东西需要逐步地引导出来，这需要一个过程。

在时间里写诗是一个过程。你看见事物、经历事物也是一个过程。在过程里面，比如说我们打一只兔子，你奔跑，拿着枪骑着马，兔子在前面引导你，最后，你把兔子撂在那儿就完成了。这是一个时间过程。

从空间看，诗歌的每一部分不应该像是一个个展柜，琳琅满目而没有中心，没有主题，没有起伏。不应该这样。从空间看，一首诗就是一个整体，比如说一幅画，会有一个画家精心刻画的部分，而其他部分，背景或者别的什么地方，画家会故意用一些粗笔、大笔。不是说对这些部分他不花心思，未蓄谋已久，恰恰相反，他花的心思恰恰是让你的目光集中到一个"主要部分"。写诗也一样，每一句都不平不糙的诗歌，很有可能整体上比较平面。

打磨的不同方向

徐全：我还是被以前的写作方式影响，我以前是精致主义，每一个字我都会过度关注。感觉每个字都很珍贵，就会去想，去花心思，最后写下来每一句里面都要不平凡，对很简单的句子就会很警惕，会去改去打磨，就造成了这种情况。

韩东：我不反对打磨。我要说的主要是，在写初稿的时候，也在修改的时候，需要有整体感、整体把握。写诗是一个过程，情绪或者感觉起来、落下、结束，是一个过程。就算是为捕捉"诗意"，写的时候我们进入、侦查、设置机关，然后捕获，也是一个过程。最后的打磨，每一个字词都斟酌思考，这是好习惯。比如说我写诗，每一个字都打磨得厉害，字句经过反复修改。我希望每一字句都没有问题，但这和每一字句都要花哨、厉害、吸引目光，是两回事。我需要的是"没有问题"。

比如我刚写的一首《这里的逻辑》，对每一个字就进行了斟酌，写了很多稿。但我追求的不是凸显，而是没有问题，在字句上很平，整体却不平。

【韩东的诗】

这里的逻辑

她已经病入膏肓

但有心事未了

死前想要给父母上坟。

"这是最后一次

以后再没有机会了！"

我总觉得她已神志不清

就像她父母的死是真死

而等待她的不过是远行。其实

她为自己选中的墓地和他们紧挨在一起。

她如愿以偿，上了坟

然后拖着老残的病体回了京城。

然后她死了，被运回这里

中间只隔了一个星期。

想起那次艰苦卓绝的旅行

我就觉得不值。然而她已心满意足。

他们说她走得十分安详。

这里的逻辑大概是：

生者可以和死者沟通

而死者和死者绝不相通。

很可能她是对的。

韩东：第一段全部是叙述，写到这里完全没有"诗意"，非常平淡。第二段仍然很平，甚至于太过清淡了。如果没有最后一段，这首诗就不成立了。

这首诗的整个字句都很平，当然，我是故意的。我费尽心机进行打磨，就是要做到清晰、准确、简单。这是一种打磨。另一种打磨可能是相反的，让每一字句都光芒四射，有颜色有强度。我则因为整体需要，故意削弱了字句的强烈。前中后三段有其逻辑和递进关系，对我来说可能这才是最重要的吧。诗歌是一个过程，一个整体，局部不可"冒进"，不可喧宾夺主。我的意思是，诗歌肯定需要打磨，但不应该局限在让句子"凸显"上面，让诗句花哨或者古怪，跃然纸上，不是一个好的打磨。

打磨诗歌要求清晰、准确、不要犯错，不要突兀，不要每一句都惊人。语不惊人死不休，这是不对的。语不惊人死不休，只是在你整首诗的某一个地方，是可以的，相当于高音。如果全部都是高音，全部都是强烈的色彩，琳琅满目，那就是橱窗的感觉。

诗是一个整体，需要有一个坚实、朴素、大家都视而不见的"地基"，只有你自己知道它夯得有多结实。这个结实的地基就是准确、清晰、没问题。有了这样一个很平的背景，整体才能在上面运行，你要捕获的诗意才能出现。如果每个局部都有色彩，有气味，有味道，都是高音，整首诗就平了。全都是五光十色，但没有重点，没有起伏，没有归结，就是平。平不是平淡，是无变化。

强调字句，认真对待每一个字，但需要从一个整体角度着眼。能不写的就不要写了，你觉得在进展的速度上有妨碍，啰唆了，无聊了，就应该删除。要为你心目中想抓住的那个东西服务。比如说我这首诗，最后要抓住的就是结尾的结论，虽然生硬但还是"摞倒"了整首诗。我这首诗和你前面的两首诗相比，就颜色而论，我可能是黑白片，你是彩色电影。但我这首有起伏，有变化。以后修改作品的话，除了注意每一句是否合格，更要注意的是这一句在整首诗里的意义。

【徐全的诗】

远景

你先是乘了地铁，然后是高铁

从一些陌生换到另一些

从窗内换到窗外，依靠什么？

从前方晃到后方，只需一个转身，

一些人从很远的地方前来

看江面的游轮如何转身，还有一些

也从很远的地方前来，

他们来自转不过身来的船。

现在船在西安美术馆，

他们谈论未来的时候，外面起雾了，

我是说生活的外面起了雾

城市模糊不定，

我们都在同一条船上。

韩东： 这首很好，是以前写的是吧？

徐全： 也是五月份写的。

韩东： 这首整体上没问题。有变化，有连接。"你先是乘了地铁，然后是高铁"，很清楚。"从一些陌生换到另一些"，这句我觉得不太舒服，可以调整。"从窗内换到窗外，依靠什么"，这句是什么意思？

徐全： 这个"换"不一定是目光或者具体某个东西的转换。我当时感受到的是某种抽象的东西。从窗内换到窗外是依靠一个什么抽象的东西，是对这个抽象东西的描述。

韩东： 确实没问题，但最好还是要清晰一些，如果是我就会修改。"从一些陌生换到另一些"，也许我会改成"从一些陌生换到另一些陌生"。"从窗内换到窗外"，有两种意思，一是坐车的人从车窗里面换到了车窗外面，再就是他的观看，从看车内换到了看窗外。

徐全： 其实这样具体的话也可以。比如说我正在坐车，我在看车内的人和场景，然后突然间看着窗外。

韩东：你这两句字句都很平，但在逻辑上容易让人产生歧义。如果你是写目光，从看车内然后再到看窗外，就需要写得清晰一些。"从前方晃到后方，只需一个转身/一些人从很远的地方前来/看江面的游轮如何转身"，这里写得挺好，从高铁突然就写出去了，逻辑上面也有关联。"还有一些/也从很远的地方前来/他们来自转不过身来的船"，就写得更精彩了。"还有一些"应该是"还有一些人"吧？下面写到美术馆，也是"岔"出来写的，写得不错，只是稍稍少了一点关联。"他们谈论未来的时候，外面起雾了/我是说生活的外面起了雾/城市模糊不定/我们都在同一条船上"，为什么要加一句"我是说生活的外面起了雾"？这一句肯定不好，没有必要解释的。

李冠男的四首诗

【李冠男的诗】

另一种坚硬的事物

小石子，赤脚踩到

那颗小石子，

我的皮肤与心有了分别

踩了我一脚，

小石子。

连同它深陷其中的无限泥土

缓缓坠落，或上或下

或上下跳动。

韩东：很不错，也没有什么需要改的。只是写的东西有一点小，一种小意趣，不要总是写这样的东西就好。"小石子，赤脚踩到/那颗小石子/我的皮肤与心有了分别"，很不错。"踩了我一脚/小石子/连同它深陷其中的无限泥土"，这段写石子踩到了"我"，倒过来写了一下，两段有某种相互的推力。很好。

李冠男：结尾有点匆忙。

韩东：是这样。倒过来写的时候可以再清晰一点，把这一段倒过来排列一下，"小石子/踩了我一脚"，而不是"踩了我一脚/小石子"，这只是一个建议，你可能还有更好的方案。反正是"我"踩了小石子，也是小石子踩了"我"，把这个意思写得更明确一点。

其实结尾也不错，但肯定还是有更好的。因为你写的是这样短小的诗，所以在这种地方需要抠。我觉得"缓缓坠落"可以不要，有时候"留白"更有力量。"或上或下/或上下跳动"之类。你这首还可以再斟酌一下字句。

【李冠男的诗】

飞蛾

不愿意读书、说话、散步，
甚至向远处看
只是平躺下来盯着天花板
悲伤
阻止自己用结块的语言
触摸这种悲伤。
觉得到时候了
就说它走了
坐起来再躺下

天就黑了。

灯罩里有一只飞蛾，

它什么时候死亡，

什么时候离开。

韩东：这首也很好，只是有一些小地方可以斟酌。"不愿意读书、说话、散步"可以变一下，比如"不愿意做一切"。我只是举个例子，不一定要这样改。"甚至向远处看/只是平躺下来盯着天花板/悲伤"，"悲伤"是否可以换一个词？"阻止自己用结块的语言"，"结块"这个词本身没有问题，但用在这里不一定好。"触摸这种悲伤"，这里有点问题。两个重复使用的关键词，如果没有情绪上的区别容易造成粘连，对于感觉的深化是没有帮助的。两个"悲伤"不好，可以删掉一个，换别的词。当然，并不是很关键的词，或者需要造成节奏上的叠加就另说了。"觉得到时候了/就说它走了"，这个特别好。"坐起来再躺下/天就黑了/灯罩里有一只飞蛾/它什么时候死亡/什么时候离开"，"亡"字我觉得就不需要了。"什么时候死/什么时候离开"，果断又不拖泥带水。

李冠男：第三首就是拿这个的意思又写的一

首诗。

韩东: 那我们比较一下, 看哪首写得更好。

【李冠男的诗】

悲伤

我知道有一根线, 我摸它

它在我手中颤动

我知道我没能成功

描述这种感觉

我想象水没过我

我想象有巨大的风浪

在没过我的水面

我想象我被撕裂

我哭喊, 我窒息

我想象得并不具体

我只是坐着

手边有一只玻璃杯

我只是坐着

玻璃杯很安全

不会跌落

事实上它也没有跌落

韩东：和上一首诗是同一种情绪吧？我觉得这一首也非常好。只是"我被撕裂/我哭喊，我窒息"这个地方要斟酌一下，用词可以同样强烈，但最好新鲜感要更大一些，"撕裂""哭喊""窒息"并列在一起有点老生常谈了。总之，这首诗最后一节最好，第二段也不错，只是我说的那几个词语用法有些平常了。你可以写强烈的东西，但不能那么写，在这种地方要花点心思。

【李冠男的诗】

写诗

我的诗一读就过去了。

我的目光在纸上划过，

没有什么划得比这更轻易。

天热起来，眼镜总是起雾
天热起来习惯走一条窄路
声音包裹着人们从身边经过
我像短暂分开河水的石头
但里外都干燥。

如果从漫不经心划过的冰面上
深深凿一个洞
现在我钻上来
再看一看，听一听，
浑身湿透地走在路上
这是第一次。

韩东：很不错，但这个比喻有点过于完整。

李冠男：这个比喻太对应了。

韩东：对，一个比喻用了半天。

徐全：我发现李冠男写自己的感受写得很好，你把你自己的感受写了出来。

韩东：她写得都比较短，一句顶一万句，每一句都琢磨过的。李冠男的问题就在于写得过于谨慎，到目前为止还没读过她放开来写的诗。

徐全：她有一种令人羡慕的能力，能把自己的某些说不清道不明的感觉写出来，而且写得可感。

韩东：下面是刘天远。

刘天远：这个可能有点儿犯忌讳，我里面用了一个英文单词，Sober，它是由醉酒这个词定义过来的，指未醉酒的、清醒的。

慎用成语

【刘天远的诗】

止疼药

世界缓慢地冷却下来，
一切重新成为反光的表面。
Sober

止疼药缺席的时候，
阳光总和树的影子纠缠在一起，

夕阳里，所有的路灯弯曲、融化，

我分不清沉闷的晚风

和你湿透的笑容。

在感官世界的海洋里，

形状解散。我们曾潜入彼此

而此刻，世界是金属的

灯在一个个孤零零的客体边缘

打下一条条清晰的、笔直的线。

韩东：这首不错。首先我读到的是一种质感，质感不错，比较现代，比较理性，比较时髦，和他读的是工科以及喜欢摇滚乐有关。挺好。"世界缓慢地冷却下来/一切重新成为反光的表面/Sober"，没问题，但Sober这个词是不是不要用在这儿？干脆当作诗的题目也行。其实这里用"止疼药"挺好的，你可以把Sober当成诗的题目，两个词调换一下。

"止疼药缺席的时候/阳光总和树的影子纠缠在一起/夕阳里，所有的路灯弯曲、融化/我分不清沉闷的晚风/和你湿透的笑容"，都不错，个别修饰性的词语可以斟酌一下。可以理解成某种相反的情形，这里写的不是"止疼片缺席"时的情况,而是吃了药以后的感觉。"在感官世界的海洋里/形状解散。我们曾潜入彼此",都是一种吃药的感觉。"而此刻,世界是金属的/灯在一个个孤零零的客体边缘/打下一条条清晰的、笔直的线",都很好,都吃了药。只是"孤零零"一词是否需要再考虑一下? 太陈旧了,不过也行。你跟着感觉走也行,但是上一节的"湿透"一词我觉得最好换一下,过于怪异也过分了,比如"潮湿的笑容",哪怕"湿漉漉的笑容"也好。

整首诗不错,有种很酷的感觉。"金属""止疼药""客体"以及"打下一条条清晰的、笔直的线",包括你整个的风格也比较理性和硬朗。你和徐全完全相反,徐全比较文学,你则比较"现代"。但整首诗的确更像是写吃药后的感觉,而不是没吃药的感觉。所以,Sober一词和题目"止疼药"对调一下是没错的。

【刘天远的诗】

试探

正午,我趴在窗口

监视着对面楼顶的一只鸟

一只静止的鸟

纹丝不动

半小时过去了

这不是鸟

我终于宣布

是个什么像鸟的东西

也许是个铁砣

午睡时

我想象某个时刻

铁砣张开翅膀飞走

作为上帝存在的证据

醒时黄昏降临

万物沉默而温驯

对面的楼顶空荡荡的

"不要试探主你的神"

韩东：这首诗也挺好，但结尾部分不好。看一只鸟，静止不动，觉得像个铁砣，都很好。"作为上帝存在的证据"这不好，"不要试探主你的神"更不好，这里的"提升"完全没有必要，也过于勉强。

刘天远：其实我是没有宗教信仰的，只是一种感觉，一种宗教感情？奇迹总会让人相信些什么。

韩东：可以改成"作为奇迹的一个证明"，"上帝"太大而化之了。"不要试探主你的神"这一句可以拿掉，结束于"万物沉默而温驯/对面的楼顶空荡荡的"就很好了，下面这句不仅写得太满，也画蛇添足。

【刘天远的诗】

失眠

失眠给失眠者最大的特权是

一种异样的清醒和随之而来的优越

尤其是走在街上的时候

整座城市奄奄一息

而我走在这儿，秘而不宣地

带着白天的余温

偶尔有路人经过

我们温和地彼此致意

温和得像是友好

尽管我们都知道彼此的袖口

藏着一把锋利的匕首

我们不得不防备

每个失眠者都有一颗歇斯底里的心

对白天的仇恨让我们不得安息

而不得安息让我们仇恨夜晚

勃南的森林已经笼罩了众叛亲离的邓

西嫩

你就是那从未出生的凶手？

终于还是逃离了彼此的余光

这个夜晚宁静而祥和

没有人杀或被杀

韩东: 这首诗发表有问题，但就诗本身而言挺好

的。"失眠给失眠者最大的特权是/一种异样的清醒

和随之而来的优越/尤其是走在街上的时候/整座城市

奄奄一息/而我走在这儿，秘而不宣地/带着白天的余温"，这里有些词语需要修改。"奄奄一息"比较模糊，"秘而不宣"更不好。四个字的成语要慎用，太不经过大脑了。我们一旦形容、需要描绘什么的时候，因为我们是中国人，一个成语就会跳到脑子里来，然后用上去。当然也无伤大雅，但实际上成语是遮蔽我们的感觉的。成语，就是现成的，现成的东西如果用得严丝合缝固然好，用得大差不差就雾里看花了。

一个对象，你想写得深入一点的时候，一个成语堵在那儿就会替代你的观察，替代你的感觉，弄得好它也只是相似于你的感觉，但和你实际上的感觉是有差距的。如果我们试图写出不一样的东西，成语可用，但必须慎重，要用得非常精准，或者，反过来使用成语，也就是说在别人不会使用某一成语的地方你使用这一成语，用出新意。再或者，你得思考用一种非成语的方式去跟踪你的感觉。使用成语是中国诗人的一个特有问题，尤其是初学者。

你别看有的老外汉语说得很好，口语再好，哪怕他是一个汉学家，一到成语就往往蒙了。因为那里有中国文化博大精深的积淀，一时半会儿难以了解。但是，街上的一个卖菜的大妈，或者随便一个路人，一开口

239

保管有很多成语。在这一点上他肯定强于汉学家，强于老外。用成语是中国人擅长的语言能力。我们写诗、写小说的时候，运用成语一定要慎重。只有你整个诗的质地、对诗的整个认知到了一定的份儿上，才可以无所顾忌，怎么用或者用不用成语都是可以的。刚开始写诗的时候，或者对未经训练的业余写作者而言，最容易"显摆"的语言能力就是使用成语，因为使用成语无须经过大脑，对我们而言它是天生的或者自动生成的，几乎就在我们的血液里，开口就会有。而且，我们说话使用口语的时候还不好意思说那么多成语，会被认为文绉绉，一旦下笔，需要修辞，本能中的成语就汹涌而出了。

成语要慎用，"奄奄一息"和"秘而不宣"都是成语。你整个的诗写得比较现代，比较前卫和酷，突然连用两个成语就更不应该了。

"偶尔有路人经过/我们温和地彼此致意/温和得像是友好/尽管我们都知道彼此的袖口/藏着一把锋利的匕首"，这段写得过于直白。徐全的诗太内向，你的太明白。这一段的意思是上面一段引申过来的，也有点累赘，比如"偶尔有路人经过/我们温和地彼此致意"这还行，后面又来一句"温和得像是友好"，就啰唆了。"尽管我们都知道彼此的袖口/藏着一把锋利的匕首",意思可以,但你写得太直白太露,哪怕改成"尽管我们都知道彼此的袖口/藏着一点可怕的东西"。关于匕首的意象可以写,但不要写得那么"直",甚至也可以作为某人的一句话引出,比如,"但是他说/我知道我们的袖口里都藏着一把匕首",作为一个插话写也好,比作为作者的一个判断写好得多。

第三段完全可以不要,我觉得写得不好,意思是从上面一直引申下来的,太啰唆了。"每个失眠者都有一颗歇斯底里的心"这是对失眠的解释,肯定不好。"勃南的森林已经笼罩了众叛亲离的邓西嫩",不说用典没必要,而是作为引申真的过头了。其实你整个的意思已经写滑掉了,写散了。想写的早有了,关于失眠,关于人之间的敌意和提防,等等,你还要往哪里引申?你这是引申,顺着写下来的,不是我说的"插进来"写或者"岔开来"写。最后一段,其实你还是在重复前面的那些意思。

写诗不应成为"事业"

谢晓莹: 这次的诗只有这一首是新写的,后面的都是之前的。

【谢晓莹的诗】

预防针

到最后所有人都知道了，

可我们还是要共同维持

谎言，一份秩序

被反复折叠

不需要的东西

仓鼠在冬眠之前也会一并囤积

占有温饱和睡眠中的旧日

冰凉的皮肤披在身上，在镜子中

一片片剥掉松果的鳞片

艰难的路我们走着

这通向天梯的途径

人们的福音

韩东：这首还是有谢晓莹一贯的东西，写得也不错，不太可解，但整体上有一种情绪。

谢晓莹：现在的社会氛围里，要求你要做那个做这个，像考研、读博、买房之类各种各样的事，这些并不是必需品，但在当下的情绪中，你要拥有它才会有安全感。存在一种报复性的囤积感，好像你做了这些就完成了任务，哪怕后面会有衍生的悲伤，也都不是你的错了。我觉得不是这样，还是要注重现时的幸福。

韩东：是对现实的一种有感而发？

谢晓莹：我觉得没有必要拥有太多的东西。

韩东：你觉得现在的人拥有得太多了？

谢晓莹：想要拥有的太多了。

李冠男：即使是不需要的东西，也要一并囤积。

韩东：因为现在很多人最高的目标就是生存，活下来，然后混得好，出人头地。没有超越现世生活的想法。比如有信仰信来生的人，他们也许觉得这辈子无所谓，但需要积德行善，为下辈子做打算。信仰实际上提供了某种生活的"远景"。中国传统上，文学艺术，比如说唐诗宋词，提供给人们的就是一种信仰的替代品。你有什么困惑和痛苦，读几首唐诗心胸就扩大了，也就对付过去了，也就理解了。它能舒缓我们情绪上的一些东西。艺术的的确确可以成为信仰的一个替代品，甚至成为很神圣的东西。

但是现在我们搞文学、搞艺术，很多人是把它作为一个现世手段的，一个衡量现世的东西。所以才要做大做强。不是说要写得好画得好，大多数人不这么想，百分之九十九的人想的就是我要成名，或者我要进入文学史、艺术史，而他们理解的进入方式也是世俗的，什么人在掌控，什么人在把持，那我就把这些人搞定。把文学或者写作当成一种功利来做、来理解是挺普遍的。做大做强，或者吃香喝辣。不仅要物质上的成功，也要获得大家的尊敬。这方面耗费的精力太多了，很少有人能把全副的精力用于写作本身，关注自己写得到底怎么样。如果没有外界的承认，没有世俗意义上的成功，没有效果，很多人就放弃了，不写了。写作变成了一种被功利得失左右，讲求效果、效率、投入产出的世俗之事。

谢晓莹说的我以为不仅是一个物质问题，也牵扯到其他问题，就是你能不能为了写诗作画有所牺牲，对世俗功利以外的精神世界能否坚持，对文学艺术有没有真正的忠诚。没有。一般情况是没有的，因为我们是生存动物嘛，会不自觉地把文学艺术把诗歌变成一种有利于我们生存的东西，而不是把它提升到一个超越性的层面。别说信仰，我们连必需的信念都没有。如果做这件事可能穷困一生，一辈子不被承认，写得再好也不为人知，那我们就不干了。这是一个大问题。

成品意识

【谢晓莹的诗】

爱慕

于冬天

莽力击打裹在外面的枯叶脆壳

孵出一个几乎透明的人

为了亲吻先知

女人砍下了先知的头颅。

老人的情人独自看过了一百天月亮东升

西落

悬挂在窗子上，树叶的眼睛

簌簌合在一起，看不分明

风亲吻她的罪臣

情人说，他对我就像畜生对畜生——从

来如此

对你才是人对人

"不要得意。"她冷笑

水中映出桃红色的花脸，一枚发光的硬

鳞片

就这么被丢弃在水上

你只是生活中一个象征庄严的符号

一个纯净的名词

在牲畜一样坚韧的生活里待久了

忽然钻出来面对，赤身裸体的羞惭

我不是怕你看到锈咬坏的铁门

发黄的衬衣

我是怕像动物一样

从沙发底下钻出来

望着你

韩东：还是一样，这首诗有一股情绪的力量，但很内向。你先说说写的是什么？

谢晓莹：爱和羞愧吧，非常广义的那种，面对爱和生命的羞愧。

韩东： "于冬天/莽力击打裹在外面的枯叶脆壳/孵出一个几乎透明的人/为了亲吻先知/女人砍下了先知的头颅"，这里的先知是什么意思？

谢晓莹： 在王尔德的《莎乐美》里，公主莎乐美喜欢上他们国家的先知，想让国王把先知赐给她，先知不同意，她就把他的头颅砍了下来，去亲吻他的嘴唇，这可能是比较偏执的一种做法。

韩东： 这跟羞愧有什么关系？

谢晓莹： 用一种反弹的、高傲自大的办法掩饰羞愧，但最后只能得到死去的人或物。

李冠男： 我觉得看上面一段是看不出来，看下面"牲畜"那一段还是可以看出来。

韩东： 这些因素都是那个故事里的吧？这首诗就是太内向了。你一向的东西是存在的，的确有某种可感性，但我还是不建议写得太内向。"在牲畜一样坚韧的生活里待久了/忽然钻出来面对，赤身裸体的羞惭/我不是怕你看到锈咬坏的铁门/发黄的衬衣/我是怕像动物一样/从沙发底下钻出来/望着你"，太内向了，写这首诗的当时你是怎么想的？脑子里的一团东西是自动出现的吗？

刘天远： 这一段我能感觉到。

徐全: 你能感觉到她所说的羞愧背后有一个几乎汹涌的什么东西。

谢晓莹: 写的时候，觉得生命的外壳看似复杂，贴满装饰，实际上是赤裸、原始的状态。为这种空心，或者别的原因，害怕在现场，害怕被目睹，甚至觉得连带周围生存的环境都是坏的，都是不好的。可以理解为爱的羞愧，也可以理解为生活的羞愧，没有限定它。

韩东: 像这样的诗只体现了你的情绪、你的语言能力，但还是需要和清晰的描绘混搭。你具有一种混沌的能力，但要小心了，至少要学会混搭，对你天生的能力做一些克制。可能你不需要强调自己本来就有的能力，如果带着这种能力去写一些比较清晰、比较有逻辑的东西，优势依然会显露出来。这样会比较好，出来的东西会比较适中。我读这首诗看见的是你的情绪，你文学上的能力和天分，但就诗本身而言太内向了。也许你自己能看懂，你自己懂吗?

谢晓莹: 对，就只是描述了一个见面的情景。

韩东: 大概也能感觉到。

谢晓莹: 这些诗都是之前写的。我把前两三个月写的诗拿出来了。

【谢晓莹的诗】

饥饿的女儿

常常，作为一颗麦子存在

青又饱满的果实，乖顺垂落到手中

被忽视的女儿，幽灵般的女儿

在月光下和圣人相见

她的飞奔搅乱教堂

她的发狂样子

被你忽视的女儿，她干瘪的形态

薄如银针

刺痛一只发狂跳起的狮子

有时，她柔软细腻，像一层鱼皮

只在你的厨房徐徐展开

生。鲜。腥。凉。

教化我们世俗承袭的谦顺法和驭夫术

点化人，又普度人。

韩东：这首诗好多了，仍然很内向，不可解，但她自己明白。能感觉她自己明白。谢晓莹喜欢写这样的诗。我觉得她的诗里有点受虐的意思，情感色彩比较重。

谢晓莹：精神的苦闷？可能确实是这样。我在诗歌里才能自由诚实地思考那些在生活中本不该问的问题。

【谢晓莹的诗】

谋杀柳絮

他在河里漂洗《诗经》的时候，一卷卷流
水很安静

船只开起，运送走一批又一批的人

始终没有轮到他

水桶把腰身晃来晃去，说起了胡话

怎么样，去寻找桃花源吗？

柳絮已经下过很多赌注，多到足够塞满我
们的胸腔

年青人沉默不语

只能趁现在

趁黎明不注意的时候

给你我的忠诚，我的信仰

只有这个夜晚我们才能逃脱

一枚硬币落在地上，引发了全家人的警觉

哪怕它骨碌骨碌划过　　把整个房子割成

两半

也是不能轻易提起的

"我压缩自己

就像压缩一块海绵"

父亲捧着一片皱巴巴的叶子自言自语

锯开的木头，有受伤的气味

虽然他无数次走到冬天的河湾泅渡

但逃走是可耻的

我不是，积攒了几千个日夜的爱意和自由

的行动

把你溺死在脉脉温情中了吗

打开大门

满村熊熊的火把，像一双双眼睛

在这妩媚的春风中

月亮像一枚发亮的戒指

韩东："他在河里漂洗《诗经》的时候，一卷卷流水很安静",这样的句式很好,多少让人懂了一点。

"船只开起,运送走一批又一批的人/始终没有轮到他",这样的句子不是很好吗?而且你的东西也在里面了。"水桶把腰身晃来晃去,说起了胡话",后面又开始读不懂了,整体有感觉,但细部模模糊糊,你的诗都是这样。但这首比前面的诗可读性稍强一些。这个清晰度、逻辑方面的问题以后要注意,至少你自己可以读懂,在逻辑转换上成立。

【谢晓莹的诗】

错愕

他们提醒我,不要再提起这个名字

永远不要怀想一件不存在的事情

谷雨的时候她弯下腰,手里满握沉甸甸

的,麦子混雨水的香气

灰鸭子摇了摇尾巴,表示它的否定

路过的那个身影不是你的吗?

红幡店,店里店外都是走动的腰肢

在所有花色当中认出

你干净没有污渍的袖口

一把扬起洁白的出生证明，如果它们有被妥帖保存

我的目光会透过所有年代落在你身上，静静的

祖父牵着一头牛走过来

他的白胡子淌着，牵下来垂卧成我们世世代代的河湾

流动的河里洗着一条又一条浑圆的黑辫子

不该找不到你的

除非你无处不在

谢晓莹：我觉得这首诗写得太简单直露，所以不大好。

韩东：诗歌不是复杂才好，不是读不懂才好。

谢晓莹：我现在还处于一个困惑期，我分不清楚哪些诗歌是好的，哪些是不好的。我一般不修改，过一个星期之后我再看，仅把不喜欢的字句删掉，要么就重写一遍。我听大家说修改的时候，我不会改，但我知道改是真的很必要。像我写小说，我也不改，至

今还没有改过。我看到我们班有同学一个小说改七八遍，我一般都是把它丢掉，重新再写，修改其实是一个很重要的功夫。

【谢晓莹的诗】

出逃日

女子坐火车的本意是去寻找

一棵歪倒的、春天的树。

它病卧在河床上

注视着自己的尾骨。

离家前

她把白床单每条折痕细心抚平

在风中晾干

黑狗眼睛涌出一股流泪的蓝色

离别之前，丈夫停顿了一下

目光偏向厨房的花瓶

他们道别的话一如往常

路上小心，他说

我曾经是海的女儿

直到晚霞割开海的咽喉

夜晚的女人闭上眼睛

她的身体有一道长楼梯印子

留在海底的是肉身

灵魂缄口难言，但诚实地爬上水面。

韩东：这首诗不错，你为什么觉得不好？

谢晓莹：我始终得不到心里满意的作品，大部分创作者也会这样吧，写完的当时当刻符合预期，很快又感到不满意。之前我一直在想为什么，也缺乏和其他创作者的交流，上了课我才知道，就是修改的问题，我有不爱改动的毛病。修改太有必要了，不断打磨才能贴近心中的期待。我写逃离的东西太多了。我不喜欢重复，会把重复的东西删掉、丢弃。我会害怕在同一个主题里面打转，但是又明白这个主题也没有写出特别好的东西来，所以我就会在这个主题里写三五首，最后只留一首。我觉得写同质化的东西不太好，不知道大家怎么想。

刘天远：老师，内向化是指传达的问题吗？

韩东：没错，是传达，诗歌需要传达。

徐全：相当于你的读者只是你自己。我觉得"内向"这个词用得特别好，韩老师一讲"内向"，我立马就豁然开朗了。

韩东：至少需要自己能读懂。比如说，一个小圈子，大家都写一种读不懂的诗，读不懂读得懂的问题也解决了。你读不懂我的，我也读不懂你的，大家都觉得能够读懂不是一件好事儿，读不懂但有一点点感觉是好事情。因为除了所指的意义和逻辑，语言本身确实是会有一些零星的色彩、意思的。从你那儿到了我这儿，等于你给了我一堆破碎但闪烁的东西，我自己可以把它连缀成一个整体的画面。但我总觉得，诗人应该给对方一个已经完成、逻辑上已经有所连缀的东西。这时候，对方仍然不懂，那就不是你的事了，不关你的事了。你自己要有一个清晰的逻辑或者叙述的脉络。还有一种诗歌，里面有情绪，有色彩，有词语，有这样那样一些元素，甚至很强烈，这样的诗有一种原材料的感觉，就这么给了你，如果你想读懂得经过自己的调配。

我有一个成品意识，虽然我也很喜欢原材料的粗猛、原始、天真，但还是希望交出去的是成品，而不是一堆可供任意加工的元素。这个成品意识里包括了语言的方方面面，既有词语、色彩、灵感所附，也得有逻辑、语法等。

写和改要分开

李冠男: 我有个问题就是,我自己试过放开写诗,但是写了一段我发现我不去改可能就写不下去了。好像它必须得能够成型,我才可以继续写。一直放不开,不知道应该怎么办。

刘天远: 我写论文的时候会这样。

韩东: 今天的主题是讲修改。无论你写诗是怎样的习惯,写和改这两件事要分开。写的时候不要想着改,改的时候不要想着写,写就是写,改就是改。很多人边写边改,也没有问题,但边写边改必须是在一个限度内,比如即兴改动一些字句,这是可以的,千万不能到改不到满意我就决不罢手的地步,这就是强迫症了,就进入了一个死循环,因为你这一稿的任务是写。或者,这个思路我走不通了,那就放弃,也可以,换个路径再写。你要永远意识到自己是在写初稿、草稿,这稿子后面还是会改的,还有机会,现在,只是一个暂时性的方案。要有这样的感觉和意识。万万不能改着改着就忘记写了,一句话或者一个词就把你卡住了。这

257

就是写和改不分。

因为我们的情绪或者感觉得出来，你要给它们时间和空间。不能因为局部原因，就卡在某个地方，你一定要想到这个问题在下面可以得到解决，现在咱们不管它，让它跳过去，然后继续往下写。当然，还有一种截然相反的做法，写初稿的时候完全不动脑子，毫无感觉和想法，类似于所谓的意识流。闭着眼睛，一写一堆东西，到修改的时候再看这里面有些什么可以提取出来，作为一首诗。这是两个极端。一个极端就是在一个地方被卡住，动弹不得，执着于解困；另一个极端就是完全不会卡住，也不用心，写哪算哪。都不可取。

所以，写初稿的时候，松紧很重要。既不能当成终稿写，字斟句酌，也不可是一种不负责任的自动写作。两个极端都必须避免。写初稿的时候，你要有一个对象，或者有一种比较确定的情绪，又或是一种想法，要有东西写，不应该完全放任自流。开始写的动作以后，则需要平静、镇定，给自己预留足够的时间。当然，你也可以两三分钟就写完，但不限于两三分钟或者多少分钟。需要一个比较放松但又注意力集中的状态，写得兴奋时就多写几句，遇到障碍就把那个障碍放一放，空两格或者另起一行再写。

"热身"和初稿

韩东：千万记住，这不是在写定稿，最好是有一种写笔记的放松心态。在写初稿之前，除了做好打算写什么、如何写的理性准备，还得让自己的身体启动、大脑启动、手启动，或者说需要"热身"。很多有经验的作家都知道这一点，写作这件事是很不自然的，但又必须进入到一个相对自然的状态，所以可以花上半小时或者一小时读一读别人的作品。你写诗就可以读诗，读个十首八首诗，渐渐进入状态。可以有启动，当然没有启动也行。你也可以听音乐。写这个动作本身也可以作为启动，就像我前面说过的，一个东西你可以写上好几遍，前面的一两遍就是启动。

你想写点什么但找不到诗的感觉的时候，可以去看书，读一些你喜欢的诗人，进入到诗歌的氛围里去。有的作家写长篇，要听交响乐，还有人选择去读法律文件，因为法律文件之类的文体语言严谨，他希望自己的作品也能这样。

写作前有一个滑翔，有一个启动，这是可以的。

通过阅读或者听音乐，在情绪上、文字感觉上渐渐进入状态，然后开始写。写的时候不要太紧，初稿或许成立，或许不成立，或者写完了一看，觉得写得不尽人意，那就喝一口水，过几分钟，回来再写。不看前面写的，直接再写一遍。再写一遍不是修改，不要参考前面写的，翻篇了，但仍然是那个情绪或者那个主题。实际上你每写一遍都会不一样，路径不一样，这是由偶然性或者随机性决定的。上午写的和下午写的肯定不一样。

阿什伯利的做法与众不同，他写作的时候特别希望有人上门，或者打电话进来——我们一般都不愿意这样，需要精力集中嘛。阿什伯利相反，他的意思是等应付完了插进来的事，回到纸上时自己的思路方向就改变了。法无定法。写初稿的时候有各种方式方法，我强调的是比较通常的做法。此外，写初稿可以按诗的分行方式写，也可以像写散文那样写，也可以像写日记或者笔记那样写。

总之，写初稿时的心态最好不松不紧，略微有一点兴奋、自由自在又不怕犯错。太紧张了不好，太不紧张也不行。随便一点，类似于写日记、笔记，写信，聊天写短信这样是最好的，比干这些的时候兴奋度和警惕性更高一点就更好了。说到底，写作是一种心理行为。

我们需要的是诗歌状态，你得有东西要写，需要避免自动写作。如果我完全不想写然后写了，就是硬写。硬写怎么写呀，基本上就是瞎写、乱写，想到什么写什么，这是需要避免的。还有一个要避免的状态，就是被卡住了。左也不合适，右也不合适，判断意识超强，怀疑精神爆棚，像个法官。这是写作强迫症发作了。自觉的写作者多多少少会有一些强迫症，但不能让它妨碍我们继续写下去。

李冠男：我有的时候就这样。

修改

韩东：所以需要警惕。修改首先给了你一个很大的心理空间，不管初稿写成什么样，我都还有一个纠正的机会，初稿出现的问题可以在以后修改时解决。我马上要说的，也许就是针对你那种情况的一个方法，当然需要严格执行才能生效。

修改最好是这样，写初稿时不要沉溺于随写随改，写和改在原则上需要时空分开。比如说，我有一个小时，花二十分钟把初稿写完了，还有四十分钟，我立马就开始琢磨修改前面二十分钟写的东西。这是不对的。写的东西不要当时改，不要当天改，至少也得隔个一两天，实际上隔的时间越长越好。写的东西已经忘记了，回过头来看的时候再改，这是最好的。

如果能做到这一点，写初稿时面临的修正的压力我保证会减轻许多。当然，写初稿的时候或者初稿刚写完，你修改的欲望会非常强烈，想看到最终的效果嘛。你会特别想改，写了一个东西它最后到底是什么样的？针对这一点，你可以给自己一个类似于纪律的约束，就像戒律一样不可侵犯，就是不得马上就改。有纪律或者戒律才可能养成新的习惯、好的习惯，你知道写了以后是不可能也不可以马上看到它的效果的。久而久之，写初稿时蠢蠢欲动的修改的心就能放平了，回过头来写初稿也就能比较放松和没有杂念了。

以后你注意，不要马上改。首先是时间上的隔绝，当天不能改。第二是空间上的隔绝，你写了一首、两首、一堆初稿之后再来看隔着几首或者一堆诗最前面的那首，再把那首拿过来修改。当然，也不要妄自菲薄，可以这么说，患有写作强迫症的作家或者诗人，相对不知修改为何物一路写来的人是更有出息的。没有写作障碍、怀疑精神和判断焦虑的人至少也是不那么敏感的人，其写作称不上自觉。但我们也不可以自觉得过分，每时每刻都在判断，那就聪明反被聪明误了。

"写什么"和道德主义

徐全：老师，读完刘天远的诗我有一个问题：诗歌有没有一种对新现实或者是新道德的追求？

韩东：很多东西发挥作用不是那么直接的。有些东西我们没有必要在诗里面直接关注，直接把你的见解、三观弄进来。自觉的诗人自然会越写越成体系，他的三观、他的一切都自会在作品里暴露出来，但那不是他推销或者宣扬的结果。

我们的诗歌课只说诗歌的形式层面和技术层面的东西，不太涉及"写什么"的层面，只是在说"怎么写"。写什么，第一，它是一件自然而然的事；第二，这不是一个公共话题，因为大家的情况都不一样。不可能所有的人都在追求同一个东西，当然，也有一些主题或者话题比较流行。关键在于，写诗是需要打破禁忌的，尤其是正确的禁忌。

我们的尺度就是忠于自己，一定要特别忠于自己，忠于自己的所思所想所能。更不用说诗歌或者文学艺术并不是道德判断所能替换的。当然，有一些文学只关注"写什么"，注意力集中在这方面，无论是正方还是反方，我认为这样的文字都不牢靠，这样的诗歌也不可靠。

就抽象层面而论，"不正确"反倒是特别好的。判断诗歌作品，比如说杨黎、沈浩波这样的诗人，有时候写得很"下半身"，但你即便反对他们也不可以从这个角度去反对，因为就文学艺术而言，道德判断也是会失灵的。你可以写一些很高尚的东西，不写"下半身"，但不能说写了"下半身"就一定不好。

最近读了一本布考斯基的《关于写作》，是本书信集，非常好看。布考斯基的生活很"堕落"——政治正确不仅在中国，在世界范围内也如此，因此布考斯基就一直进入不了主流。主流写作觉得他写得太脏了。我当然只能通过翻译阅读布考斯基，他的诗我认为一般，但小说，真是写得太好了。有一个短篇集叫《苦水音乐》，建议你们找来读一下。写得太好了! 大家的注意力都集中在道德方面，为他叫好的人也从这一角度出发，说他不虚伪，或者写得很真实。但我说他好，就是因为他写得好，真是太会写了，绝对是上个世纪以来的不多的真正的大师之一。《关于写作》值得一看，文和人是一体的，从中我们可以窥见大师的写作秘密。

我有点说岔了。徐全的问题是？

徐全：诗歌有没有一种先天地对新道德或者是新现实的追求？

韩东：我觉得没有。不存在新道德或者新现实。第一，这个问题过分理论化；第二，追索下去容易走上歧路。杨键评价左小祖咒，我追问他为什么喜欢左小，他说，就是因为他唱得不正确。左小祖咒从来都不是字正腔圆的。

刘天远：其实也有一种奇异的美感。

诗是一个人的签名

韩东：是，过于正确的东西实际上和艺术是有隔阂的。这不是在说"写什么"，是在说"怎么写"。规规矩矩或者循规蹈矩的写作，会给人匠气的感觉。我们虽然强调诗歌特有的形式，强调怎么写，最终的目的还是开发你自己。你喜欢什么，你热爱什么，你擅长什么以及你经历了什么。

最后，诗要写得像一个人的签名一样。诗和小说、和其他文体相比，更像我们的签名。所谓的签名，就是一看就是你写的东西。如果有一天你写成这样了，诗就是你，那你就成功了。不存在哪一种诗歌方式更好，你写的只是你，只有你才能写出来，这就对了。其实我们所有的努力都是为了这个。

在理论层面，我一直在和杨黎争论这件事。他的名言：好诗都是一样的。我的论调相反：好诗都是不一样的，不一样的才是好诗。每个人都得把自己写出来，这不是一般的困难。

实际上我们要做的事情，就是把"我"和诗歌形式进行一个结合，这才是价值所在。诗歌——具体你写出来的作品，是"我"和诗歌这种语言形式之间的第三者。当你读了很多、了解很多以后，诗歌的形式要和"我"结合的愿望就产生了，然后你动手写，出来的东西就是你的作品，就是"我"和诗歌形式的结合，就是"我"、诗歌形式之外的第三者。

我们经常会在阅读上入迷，读一个诗人，觉得特别喜欢，特别好，但那只是他的好，不是你的好。你可以去模仿，可以去练习，这是学习阶段，怎么都可以。但最终的目的还是要写出自己，写出像自己的签名一样如假包换的诗。

· · · · · · · ·

对症和"药方"

韩东：通过这几堂课，大家有什么感觉和收获，还有什么问题，可以说说。

徐全：我收获了很多，感觉可以消化好几个月。刚开始第一堂课上完了，我就和我朋友说"我终于要开始写诗了"，但其实我已经写了两年多了。目前能问的问题，基本上都问了，我感觉非常有收获。

韩东：徐全的问题是老问题，当然也是徐全的优点。徐全的优点就是把写诗这件事当真，第二就是训练有素。徐全阅读的和知道的诗歌方面的东西，在你们中间是最多的，对写诗这件事也是看得最重的。这些都值得肯定。今天我需要提醒你一点，不能把诗歌写成橱窗。诗是一个整体，一个过程。这一点希望你能逐步理解，并落实在以后的写作中。但不需要一步到位，不要走极端；渐渐发生变化，渐渐体会到了诗是一个整体，这就很好。

谢晓莹给我的感觉就是很有天分，很有才能，情绪、力量都很充足。从你开始给我看的诗到今天刚写的诗，都非常有能量。但有一点，你所具有的那些启动你写作的东西，你的才能、你的情绪，虽然可观，但不要沉溺于此。你倒是可以走一下极端，抛开你的才能、能力、本能性的东西，故意去写一些清晰的、有逻辑的东西，写一些比较简单，甚至是叙事性的东西。作为一种对治，一种矫枉过正，以获得写作可能上的整体平衡。

不是说你必须那样写，而是那样做对你固有的才能可以起到平衡作用。你在写那种比较简单、逻辑清晰、叙述性的东西时，原本具有的东西自然会进来，挡都挡不住。故意去写一些不一样的东西，你就可以回到一种适中的状态，这个适中的状态会让你以前诗歌里的内向性以及力量、色彩有着落。针对性的练习可以极端一些。我给大家开的"药方"都不一样，因人而异。

再有一点，谢晓莹有一种非理性，你也说到自己的写作习惯，不愿意修改，修改那还不如重新写。这都是有才能的人的习惯，天才的习惯，但天才也得把这个毛病改掉，改掉只会让你更自觉，让你不再凭借自己的本能写作。只凭借本能是一定要完蛋的，走不远。燃烧过分，烧完就没有动力了。

还有，你得把写诗这件事和你这个人稍微隔开一点。有的人，诗和人需要紧密，而你需要疏离。如果你习惯于和你这个人的直觉、本能始终黏在一起，久而久之是比较消耗的，而且有危险。比如普拉斯和塞克斯顿最后就把自己给干掉了。我是开玩笑。我的意思是，你不要太依靠自己的才能，要去做一些自己完全不习惯的练习，不要让自己那么舒服、流畅，得给自己找点别扭。

谢晓莹： 这几节课下来，学到的最重要的就是修改。从第一节课开始，我就感受到修改的作用，之前也听到我的同班同学说，他写小说会改六七遍，每改一次会写一两千字的分析，分析哪里出了问题，我觉得这样特别严谨，特别好。

第二个是，我之前存在创作恐惧，某段时间写不出来，写得更差，就觉得大事不妙。但上了诗歌课之后放松了很多，学会了时时提醒自己，创作不是一时之功，不能那么仓促着急。

最后，这几节课共读大家的诗歌，也对我影响比较大，一些经过自觉训练后写出来的诗歌，和爱好者自娱的创作有很大不同。诗歌有一个好处，它不会欺骗你，只要你花功夫写，用了时间去钻研，它是可以体现出来功力的，尤其是冠男诗歌里的严谨。不管是诗歌还是小说，我觉得它不是一个随便或随意的东西，不是一些句子堆在一起。这是我的收获，还是很大的。

韩东：对，你以后要稍稍背离你本来具有的东西。比如李冠男，我让她强制自己，不要马上修改、边写边改；你却需要强制性地弄清楚诗歌的逻辑，在是否可读上面有个判断。如此一来自然是要放弃自己的一些优势，但这样的练习会让你体会到所谓的自觉写作是怎么一回事，再加上自己原本的才能，你就是无敌的了。

刘天远：我的情况稍微有点不一样。上这门课的时候，我对诗和写诗都没什么太清晰的概念。我觉得我之前写的不算是诗，可能在老师的眼睛里面只是有那么一点诗的成分。现在我对这个事情有了一点模糊的认识。而且老师教给我的很多东西，我觉得还是很重要的，比如说要克制，要营造自己和自己写的东西之间的一点间隔，还有要修改。其实这些不光对我写诗有帮助，也让我意识到我写论文存在很多问题。

谢晓莹：你真的很理性，这是优点。有一些问题其实我们不会特意去问，比如李冠男那首关于面包车的诗歌，我们讨论把它内容上截断的时候都能理解其中空白的空间。但你理解了还不够，你会问"为什么"。我的意思是，我们默认了某种方式好、有诗意的时候，会放弃对原因的探究。

韩东：天远的进步非常快。

徐全：对，现在已经很有感觉了。

刘天远：我这是零起步，增速快一点。

韩东：刘天远让我想起一些理工科出身的诗人、作家，好像他们的智商是比学文科的要高一点。

刘天远：那肯定不是这样。

韩东：我认为你很有潜力，比较理性，明显地能看到你的进步。但在写和阅读方面还是要加强。其实你现在写的已经很有特点了。

徐全：这么短的时间就写得很好了。

韩东：是不是理科生当然是开玩笑。但一些人的表现的确和他们其他的训练有关，理工科的会像攻克一道难题那样去对待写诗的事。

徐全：我感觉我认识的人当中写诗最后能写好的，一开始写就有感觉，出手就不凡。写得不太好的，基本上写多久都感觉写不好。

韩东：也不一定。

判断力

李冠男：该我了。一个是内向和外向的问题。我之前写诗一直挺内向，写一些自己想不清楚的东西，在想不清楚的时候就写下来。现在感觉要写得清晰准确一些。第二个是要打开自己，写诗时我的状态还是有点紧张的，到现在也是，但我觉得按照老师给的具体建议，多写多练，应该是可以再渐渐打开的。主要是这两点。

韩东：对。你写的其实都很好，但需要担心一个倾向，就是缩着写，太收缩，太紧张。所以写初稿的时候，你必须给自己一个放松、放开的过程，在这个过程里你需要自由放任一些。不要随写随改，不要总想着效果和成品。写了一堆诗再去修改，不要总盯着一首诗。比如，这个星期或者这个月，我写了十首二十首，可以集中去修改。在写完初稿以后过一阵，集中读一下，这首有没有诗歌的品质、质地，值不值得改？值得改的话那能不能改出来？改不出来就再放在一边。再过一阵再看。用旁观者的视角去看，你才能头脑清醒，才能看出个所以然来。并不是说，你写的十首或者二十首诗都需要花力气去修改，而是，哪一首诗需要进行修改是要经过筛选的。

　　首先是一首一首地筛，不要只看句子。如果一首诗里只有一两个句子不错，你舍不得，一定要把整首诗都改出来，这是大忌。需要看的是整首诗的质地，应该有一个综合判断。总而言之，你觉得这首诗就整体而言是有意义的，或者有意思的，那再去修改不迟。

　　每首诗可能都有特点。比如，有的比较精炼，不需要怎么修改就成立。或者一个句子特别好，或者某种情绪是你想要表达的。这些判断都不算数，需要从整体上评判一首诗，如果整体上不值得修改，仅仅有这样那样的不舍，那就应该放弃。把那些综合考量后有意义的诗拿出来，然后认真去修改。修改也是一个过程。

　　写初稿的时候，我们依靠的是一种能力，一种直觉，一种即兴发生的东西，一种当时涌上来的东西，当时才可能有的东西。比如海明威谈小说写作，就说下笔以前知道的东西他一个字都不写，只写下笔时才出现的东西。当然他是为了把一个道理讲清楚，说得比较绝对。

　　写作当然要靠直觉，靠潜意识，靠临场，这些都没错。谢晓莹这方面的表现就比较突出，依靠这些的时候比较多。我们在下笔以前会对诗歌有一种想象，但最重要的还是要靠你下笔当时的感觉。为什么要把修改和写作分成两段呢？因为，做这两件事时我们依靠的能力是不一样的。写的时候，要依赖你的直觉，把感觉调动起来，而修改，主要依靠的是你的判断力。这一句要不要？为什么要保留或者不要保留？这个词语放在这合不合适？有没有更准确或者更具表现力的词？这就是判断，就需要判断力。一边判断一边写作是比较困难的，互相干扰。刚写一句，一个念头马上冒上来，这句到底怎么样？会不会犯忌讳？如此一来，下面那些即兴的感觉即兴的涌现就枯竭了，被阻碍了。

我们说修改，就是要把判断和直觉性的临场操作分开。写的时候，尽量依靠潜意识、经验，修改则需要依靠判断力和理性。因此一个杰出的诗人，除了需要具有一流的直觉、才华，还需要具有顶尖的判断力。判断力不是理论，是一种和经验、敏感有关的综合能力，需要经过长期的阅读、写作和思考，长期的判断才可能达成。有的人写了很多东西，有好有差，但他不知道哪首好哪首差，或者哪里好哪里差，也是枉然。并且，判断力本身也有高下之别，顶级的，就是你可以用判断力去判断自己的判断力，用判断去判断。于是我们便会反复修改。

一次不行，改完了再读一遍，可能觉得还是不行，可以再改。再改的时候也不是盯着一首诗、一个局部，和初改的要求一样。就像刷油漆，要一遍一遍地刷。刷油漆、给房子刷涂料都是这样的，整个儿刷一遍，然后刷第二遍、第三遍，每一遍都是整体刷的。改诗亦然，可以局部滞留的时间长一点，但修改最好还是从头改到尾。中间有不尽人意的地方，就放一放、跳过去，没有关系的，因为也不是只改一遍。过一阵再看，又有了新感觉，但也还是从头到尾地改。

写作的专业化，或者叫自觉写作，就是要有纪律，有良好的习惯，有专业的操作方式。如果不懂这些，一切修改、阅读，所有的方面都是一个自发状态，当然也可以，也能写出好诗，但走不长远。

所以谢晓莹得注意修改。无论如何需要修改。还有一点，初稿一定要保留，不要改了以后就扔掉。初稿可以建一个文档，二稿也建一个文档，比如第三次修改的时候可以在二稿的基础上改，也可以在初稿的基础上改，回到最原先的稿子是可能的。一直到这首诗让你满意了，出诗集了，再把初稿或者其他草稿删掉不晚。在不尽人意以前,一稿二稿三稿都留在那儿,回过头去看,是一个过程。

现在时间有限,进行不了过多的练习。以后我们在微信群里可以做一个练习,可以让徐全主持,就是互相改对方的诗。不是说改完就是定稿,而是可作为一个参考,看看在别人那里这首诗是怎么样的,别人是怎么看的,又是怎么改的。尤其是谢晓莹和李冠男,可以互相改改看。

我觉得这会很有意思。当然,最后的决定权在作者,最后他拿出来的这首诗还是按照他的想法的,但其他人至少可以给他一个建议,这个建议不是理论化的,是直观的。

终极问题

刘天远:其实我还多一个毛病,李冠男会在写的时候不由自主地想改,我写的时候有一个非常离奇的情况,我会有一个念头,这个念头会审视我现在做的这件事情,而且是以一种冷嘲热讽的态度。

徐全:你在观察你自己。

刘天远:对,有些时候我觉得这会阻碍我沉浸。

徐全：你觉得自己不够专注，注意力分散。

刘天远：我的注意力其实很有问题，不管做什么。

韩东：你说的到底是注意力的问题，还是对写诗这件事情的怀疑？

刘天远：我觉得我对我自己写诗这件事情格外地怀疑。

韩东：OK，初学写作的人总喜欢问两个问题。一个问题是，我有才能吗？到底能不能往下写？问这个问题的人不在少数，我会尽量给他们一些鼓励，天才、牛逼！但他们永远会追问，就像我在骗他们一样。其实，这个问题不成其为问题。真正有才能的人，自信心不能来自别的地方，来自别人、前辈或者老师，来自他们的肯定。即使是知道没有才华也得写，这才真正是有意义的。依靠别人或者权威的一两句话，当时可能有帮助，但如果往下写终究还是靠不住。

还有一个问题就是刘天远的问题，刘天远的问题是高级问题，就是：写作有什么意义？从人都是要死的角度说，不管是什么事吧，写作，尤其是写诗，真的没有任何帮助。它不能帮助你不死。所以说，某种虚无的情绪便会油然而生。人生下来是要吃饭的，但干吗要写诗呢？干吗要读诗呢？为了克服这种虚无感，我们会把诗歌置于一个很崇高的位置上，大谈诗关系到美，关系到艺术，关系到人类生活的质量、前途，等等。

但如果真心实意扪心自问不欺骗任何人地想一想，在最根本的意义上，为何写作是不可以追问的。地球都要爆炸，人类也会消亡，写诗有什么意义？因此，这个问题你想一次就足够了。就像你思考活着的意义一样。你知道这件事在最终的绝对意义上的底牌是怎样的，想了一次就不要再想了。再想就会得抑郁症，会堕入到虚无的深渊里去，那是踩不到底的。

想一次就够了。然后，在这个所谓的虚无中建立起一个意义。这个意义就叫信念，"信则灵"。你相信诗歌是一种艺术，而艺术至高无上，相信写诗是无用之用，相信写诗对人对己有帮助，写诗能带来世界和平，诸如此类。只要你相信，诗歌真的就能做到这些。而关于最终的、绝对的，我只说一次，你们也只想一次，就像人生一样，并非有现成的前提性的托底的东西。追问下去，你就会成为两种人，二选一。一是大智大勇给世界带来光照的人，以血肉之躯建立起世界的意义，为世界提供意义，比如释迦牟尼，比如孔子，这些人是世界之光。第二种人，就会杀人，或者开枪自杀，或者成为一个没有底线的杀人凶手。

关于诗歌绝对性的问题是一个高级问题。但这个高级问题只能想一次。想一次，想通了，就不要再追问。成天问写诗有什么意义，就像成天问活着有什么意义一样。我们都是先活着才会有活着的意义的问题的，并且我们继续活着也不是因为这个问题得到了解决。活着首先是本能、惯性，写诗也一样，写得到底如何，也不取决于这个绝对问题的解决。"终极关怀"之类的思路我认为并不靠谱。"终极关怀"并不终极。

成天追问这类问题，肯定写不了诗，那是一个黑洞，会让你崩溃的。所以，不要太沉溺于这类问题。也许你应该回头想一想，你之所以追问，是不是将其作为一个不写或者不再往下写的借口？大问题里是否隐藏着我们的小心思？

徐全：这感觉是一个哲学问题，你其实可以去看一下哲学。

谢晓莹：会不会容易绕进去？

李冠男：看一些宗教图书也行。

徐全：我平时偶尔就看看哲学，但没有人愿意和我聊哲学。

刘天远：还有另外一个问题，就不光是刚刚您解释的这个。好像还有一个真诚性的问题，我觉得那个冷嘲热讽的态度好像是在问：你这个地方是不是自欺了？你那个地方是不是媚俗了、虚伪了？

韩东：这些属于对于诗本身的判断吧。

刘天远：就像老师讲，表达里面需要有一些技巧。比如说有些地方我埋了一个东西，埋这个东西本身的技巧性，使得我在观验自己写作本身的时候觉得不真诚。我有这种怀疑。

谢晓莹：是不是感觉没说真话？

韩东：判断最好放在修改阶段再进行，写的时候尽量不要判断，把判断放下。至于真诚问题，我说过，诗歌、艺术就是一种"骗术"，自然状态下人是不需要写诗、读诗的。艺术都是骗术，正当的骗术，和杂技魔术一样，只不过比起后者它是更高级的娱乐，更高级的精神游戏。真诚不表现在你说的那些地方，运用一些写作技巧或者方式，不能算是不真诚。当然，技术方式会有很多，你学得越多，就越能看出一些人弄巧成拙。弄巧成拙不是不真诚，而是比较笨。

差不多了，我们就到此为止。以后可以在网上见。

李冠男：成为网友。

刘天远：非常感谢韩老师。

（根据录音整理）

四位诗歌课学员、青年诗人

刘天远　1996年生，山东曲阜人。本科毕业于东南大学，现就读于西湖大学电子科学与技术专业。

谢晓莹　1998年生，江西赣州人，毕业于南京大学文学院，作品散见于《钟山》《青春》《散文诗世界》《诗歌月刊》《中国校园文学》《椰城》等刊物。

李冠男　1998年生，本科就读于南京大学文学院，后保送本校创意写作专业硕士研究生。诗歌发表于《青春》《人民文学》等刊物。

徐　全　1995年生，笔名李也适，写诗和小说，毕业于南京工业大学信息管理与信息系统专业。曾在《扬子江诗刊》《星星》《广西文学》《诗刊》《诗歌月刊》等刊物发表作品。